# VERSANDBRÄUTE DES WESTENS:

## *Bertha*

### Der Himmel über Montana

VON

# DEBRA HOLLAND

Übersetzung Lisa Bettenstaedt –
Language+ Literary Translations, LLC

ISBN: 978-1-939813-54-1

Drei Tage nach *Versandbräute des Westens: Prudence*

und

Sechs Jahre vor dem *Wilden Himmel über Montana*

# Danksagung

Wie immer hatte ich ein fantastisches Team an meiner Seite, das mich unterstützte und mein Leben besser machte – viel zu viele Menschen, um hier alle aufzuzählen. Seid aber gewiss, dass Ihr in meinem Herzen seid.

Mein besonderer Dank und meine besondere Anerkennung gehen an:

Caroline Fyffe
die sich darauf einließ,
eine gemeinsame Serie mit mir zu schreiben –
ein nicht immer einfaches, doch definitiv lohnenswertes Unterfangen!

Meine Lektorinnen:
Louella Nelson
Linda Carroll-Bradd
Adela Brito

Meine Formatiererinnen:
Author E.M.S.

Meine Familie:
Honey Holland (meine Mutter)
Hedy Codner (meine Tante)
Larry Codner (mein Onkel)
für ihr scharfes Auge beim Lektorieren
und
Mindy Codner Freed (meine Cousine),
die dafür sorgt, dass mein Leben reibungsloser verläuft

Für die Fans von Pioneer Hearts,
einer historischen Western-Autoren und -Leser Facebook-
Seite:
für Eure Unterstützung und Recherche.
Wenn Sie historische Western-Liebesromane lieben, treten
Sie uns bei!

# VERSANDBRÄUTE DES WESTENS:

## Bertha

# Kapitel Eins

## Morgan's Crossing, Montana
## September 1886

Im Speisesaal des Wohnheims saß Howie Brungar wie üblich im Schatten versteckt in seiner Ecke und wartete auf das Frühstück. Wie gewohnt war er vor den im Obergeschoss wohnenden Minenarbeitern eingetroffen, weil er von den Sonnenstrahlen der Morgendämmerung, die durch das Fenster seines kleinen Zimmers hinter dem Stall fielen, normalerweise früh geweckt wurde. Als Mr Morgans »Mädchen für alles« musste er sich um die beiden Pferde seines Chefs kümmern, bevor er sich wusch und zum Essen ging.

Auf dem langen Tisch aus Brettern hatte Howie vor sich seinen Platz mit Teller und Tasse aus Emaille und mit Gabel, Löffel und Messer gedeckt. Er brachte immer sein eigenes Geschirr und Besteck mit, da er der Sauberkeit der von Cookie Gabellini »abgewaschenen« Utensilien nicht traute. Schlimm genug, dass er den klebrigen, mit Krümeln übersäten Tisch und den verkrusteten Boden ertragen musste.

9

Trübes Licht schien durch die schmutzigen Fenster herein, doch es reichte nicht aus, um das Essen begutachten zu können – zumindest nicht mit dem Auge. Das war allerdings auch völlig gleichgültig, da das Essen normalerweise ohnehin fürchterlich schmeckte.

Howie beobachtete, wie der Minenarbeitertrupp den Raum betrat und jeder seinen üblichen Platz auf den Bänken an einem der beiden Tische einnahm. Er sah sofort, wer am Vorabend zu lange im Saloon geblieben war und mehr Alkohol getrunken hatte, als es arbeitenden Männern gut tat.

Obadiah Kettering stolperte auf seinen langen Spinnenbeinen herein. Er bewegte sich, als würden seine Gelenke schmerzen, schielte zu den schmutzigen Fenstern und zuckte zusammen, wenn irgendjemand die Stimme hob. Er nahm am Ende des Tisches Platz und stützte den Kopf auf die Hände.

Die Männer um ihn herum schenkten dem schlaksigen Minenarbeiter keinerlei Beachtung. Sie hatten den Geiger in den letzten Tagen gemieden, seit er stockbetrunken auf dem Fest erschienen war, das Mr Morgan für seine Versandbraut gegeben hatte, um dort Musik zu machen. Obadiah hatte ein paar Tanzstücke gespielt und sich dann kurzerhand über der frischgebackenen Mrs Morgan erbrochen, sodass er der fröhlichen Feier mit einem Schlag ein Ende gesetzt hatte. Es wurden in Morgan's Crossing nicht oft Feste gefeiert, und es würde noch eine Weile dauern, bis die Einwohner Obadiah vergeben würde.

Zwei halbwüchsige Chinesen eilten von der Küche zu den Tischen, in den Händen Kaffeekannen und Platten voller Essen. Anders als die meisten Erwachsenen ihrer Volksgenossen trugen die Jungen ihr Haar kurz – ganz nach amerikanischem Stil. Wahrscheinlich waren sie es leid, dass die Bergmänner sie an ihren geflochtenen Zöpfen zogen. Trotz Michael Morgans Verbot, die Morgenländer zu hänseln, geschah immer noch einiges, sobald weder der Minenbesitzer noch eine andere Respektsperson mit friedlicher Gesinnung in der Nähe waren.

Einer der Jugendlichen stellte eine Kanne mit dampfendem Kaffee auf Howies Tisch, gefolgt von Tellern mit Schinken, Rührei und den üblichen steinharten Brötchen. Als er den Duft nach Kaffee und angebratenem Speck roch, knurrte sein Magen. Er hob die rostende Kaffeekanne aus Zinn hoch, goss das bittere Getränk in die Tasse und gabelte sich eine Scheibe Fleisch auf den Teller. Während er darauf wartete, dass die Platte mit Ei in seine Richtung gereicht wurde, nahm er einen Schluck von dem widerlichen Gesöff.

Die Männer aßen schweigend und schaufelten das Essen in sich hinein, um genügend Brennstoff für den aufreibenden Tag in der Mine zu haben.

Die meisten machten einen Bogen um den klumpigen Porridge, doch Howie, dem die alte Tradition von seiner schottischen Großmutter eingetrichtert worden war, streckte die Hand aus und rückte die Schüssel zu sich. Er schöpfte Haferbrei in seinen Blechnapf, nahm ein wenig Butter aus dem Topf und gab sie obendrauf. Dann goss er etwas Milch aus einer einfachen Glaskanne darauf.

Wenn er nicht zufällig am Vortag Beeren gepflückt hatte und sie mitbrachte, aß Howie seinen Haferbrei pur. In den seltenen Fällen, in denen Cookie Honig auf den Tisch stellte, war das Glas schon lange leer, bevor es Howies Ecke erreichte.

Als die Platte mit Rührei ankam, häufte er jede Menge davon auf seinem Teller, verzichtete aber auf die harten, braunen Brötchen, die nicht zum Verzehr geeignet waren, wenn man sie nicht vorher in Brühe oder Bratensoße eingeweicht hatte. Es hatte keinen Sinn, einen gebrochenen Zahn zu riskieren.

Die Eingangstür ging auf. Howie schaute gerade noch rechtzeitig hin, um die neue Frau seines Chefs hereinkommen zu sehen. Prudence Morgan mit ihrem unscheinbaren, schmalen Gesicht und den blassen Augen, die ihren Ton je nach Farbe ihres Kleides änderten, war nicht die Partnerin, die sie von ihrem Boss erwartet hatten – doch wahrscheinlich war es ihre elegante Art gewesen, die es dem Minenbesitzer angetan hatte. Obwohl sie ein einfaches blaues Kleid trug, stand es in krassem Gegensatz zu den verblichenen Arbeitskleidern der wenigen anderen Frauen in der Stadt.

Einige Männer rammten ihren Nachbarn die Ellenbogen in die Rippen, um anzudeuten, dass Mrs Morgan gekommen war. Das Klirren der Gabeln verebbte und die Tassen wurden lautstark auf den Tisch gestellt.

Prudence Morgan war erst sechs Tage zuvor in der Stadt angekommen. Und doch hatte sie Morgan's Crossing schon vollkommen auf den Kopf gestellt: Sie hatte es mit einem gewalttätigen Ehemann aufgenommen, einem Baby auf die Welt geholfen, hatte angeordnet, dass der Dorfladen gesäubert wird, hatte mit ihrem Mann gestritten und war im Schweinestall gelandet – auch wenn Augenzeugen schworen, dass er sie nicht hineingestoßen hatte – und war zu guter Letzt heimlich aus der Stadt geflohen, woraufhin Mr Morgan ihr hinterhergefahren war.

Das Paar war zwei Tage später zurückgekommen und sah aus wie zwei Turteltäubchen im Himmel der Liebe. Doch statt das Eheglück in ruhigen Flitterwochen zu genießen, hatten die Morgans sich in Begleitung eines Minenwächters in den mineneigenen Dorfladen begeben. Offenbar war Mrs Morgan die Geschäftsbücher des Ladens durchgegangen und hatte herausgefunden, dass Mr Hugely die Einnahmen ihres Ehemannes veruntreute, was für die meisten keine Überraschung war.

Der Wächter hatte den Betreiber des Ladens aus der Stadt gebracht und ihn zum Sheriff in Sweetwater Springs gefahren, seine Hände vorn zusammengebunden und sein Hab und Gut in den hinteren Teil des Wagens geworfen. Glücklicherweise hatten die Morgans einen Teil ihres fehlenden Kapitals im Zimmer des Mannes versteckt gefunden.

Am gleichen Tag hatte Mrs Morgan dann den Eltern der schulfähigen Kinder in der Stadt einen Besuch abgestattet. Sie informierte sie darüber, dass sie zunächst vorhatte, die Schüler morgens in ihrem Haus zu unterrichten.

Dann würde sie ein halbes Dutzend Männer damit beauftragen, ein kleines Badehaus zu bauen. Die Wanne war schon bestellt und würde bald in Morgan's Crossing eintreffen. Weitere würden folgen.

Zweifelsohne hatte sie hatte sie Charakter und ließ sich von niemandem etwas vormachen. Bisher hatte Howie, vorsichtshalber, wo es nur ging, einen großen Bogen um sie gemacht.

Überall wurde in der Stadt darüber getuschelt, was diese Frau wohl als nächstes vorhatte.

Howie richtete den Blick auf die Entschlossenheit ausdrückenden Schultern von Mrs Morgan. *Ich vermute, das werden wir bald herausfinden.*

Mrs Morgan schaute sich mit eiskaltem Blick um. Ihr Ausdruck verriet Missbilligung.

Cookie kam aus der Küche und wischte sich die Hände an der fleckigen Schürze vor seinem Dickbauch ab. Im Gesicht hatte er anstelle des üblichen struppigen Bartes nur Stoppeln, da er sich am Tag des Festes rasiert hatte. Beim Anblick der Frau vom Boss strahlte er mit offensichtlich aufgesetzter freudiger Miene. »Ma'am, sind Sie zum Frühstück gekommen?«

Mrs Morgan schaute auf die wenigen verbliebenen

Brötchen mit schwarzem Boden. Sie hob gebieterisch eine Augenbraue. »Das glaube ich wohl kaum.«

Howie unterdrückte ein Lächeln und konnte sich denken, was jetzt folgte. Er lehnte sich, soweit es ging, auf der harten Bank zurück und nahm einen Schluck Kaffee aus der Tasse, auf deren Boden Kaffeesatz schwamm, und bereitete sich auf die Show vor. In einer Kleinstadt wie dieser musste man jede sich bietende Gelegenheit zur Unterhaltung nutzen.

Cookie biss den Kiefer zusammen. Dann versuchte er zu lächeln. »Ich kann Ihnen etwas Frisches zubereiten.«

»Nein, danke. Ich habe bereits gegessen.« Mit zusammengekniffenen Augen schaute die Frau auf die schmutzigen Fenster, die klebrige Oberfläche von Tischen und Boden und auf die rostigen Stellen der Kaffeekannen. Dann richtete sie den Blick wieder auf Cookie. »Hier sieht es aus wie im Saustall. Die Bergarbeiter meines Mannes haben etwas Besseres verdient.«

»Für Mr Morgan ist es gut genug«, murmelte der Koch.

»Wirklich?« Ihr Ton klang kühl und mit einer gehobenen Braue musterte sie den Raum. »Ich sehe nicht, dass mein Mann hier isst.«

Die sitzenden Männer wechselten verstohlene Blicke.

Der Koch deutete mit dem Daumen auf die Küche. »In den letzten Tagen ist der Boss mehrmals durch die Hintertür gekommen, um am Morgen etwas zwischen die Zähne zu bekommen. Ich vermute, in seiner eigenen Küche hat ihn kein Frühstück erwartet.«

Howie ballte die Hände zu Fäusten und machte sich dazu bereit, sich vom Tisch zu erheben und Mrs Morgan zu verteidigen. Er würde nicht zulassen, dass eine Dame so respektlos behandelt wurde.

Hochmütig schaute sie auf den dicken Koch herab. »Werden Sie nicht unverschämt, Mr Gabellini. Ich komme morgen früh zurück und erwarte einen sauberen Essraum, in dem auch Fenster, Tische und Geschirr poliert wurden. Die Verpflegung wird aus Essen bestehen, das weder zu kurz noch zu lange gekocht wurde.«

Da er sah, dass Mrs Morgan die Situation in der Hand hatte, entspannte sich Howie, blieb jedoch wachsam.

»Ich muss fünfundzwanzig hungrige Männer versorgen und habe nur zwei Jungen als Hilfe − noch dazu chinesische«, beklagte sich der Koch. »Ich habe keine Zeit für Weiberarbeit.«

»Dann müssen Sie sich mehr Zeit verschaffen. Vielleicht, indem Sie auf Ihr Mittagsschläfchen verzichten?«

Der Mann schob den Kiefer nach vorn und verschränkte die Arme vor seinem Bauch.

»Lassen Sie mich ganz deutlich werden, Mr Gabellini. Wenn Sie meinen Standards nicht genügen, werde ich jemanden suchen, der Sie ersetzen kann.«

Als Mrs Morgan dieses Mal ihren Blick durch den Raum schweifen ließ, begegnete sie den Blicken von vielen der Männer. Als sie Obadiah erblickte, runzelte sie die Stirn. Howie bemerkte sie nicht. »Bis morgen.« Sie machte auf dem Absatz kehrt und stolzierte steif hinaus.

Howie schaute mit einem schwachen Lächeln auf den Lippen zur Tür. Seit der Ankunft der neuen Mrs Morgan hatte seine Welt sich verändert. Er war sich nicht sicher, was das zu bedeuten hatte und ob es ihm gefiel. Offensichtlich war sie gut für Morgan's Crossing, doch er fühlte sich in Gegenwart von Frauen nicht wohl, insbesondere, wenn er sie nicht kannte. Da er für ihren Mann arbeitete, seine Pferde pflegte und sich um alles andere kümmerte, das der Boss und seine Frau benötigten, würde er ohne jeden Zweifel mit Mrs Morgan zu tun haben − ob er sie mochte oder nicht.

Er schaute noch rechtzeitig zu Cookie, um den giftigen Blick zu sehen, den der Mann Mrs Morgan zuwarf, als sie hinausging. *Dieser Mann wird keinen Finger krümmen, um hier etwas zu verändern. Ich wette, er denkt, Mr Morgan wird ihn beschützen.*

Howie schüttelte den Kopf. *Was für ein Narr Gabellini doch ist.* Er konnte sich einfach nicht vorstellen, warum der Mann glaubte, sein frischvermählter Boss würde für ihn Partei ergreifen. *Nun, der Koch ist ja genauso wenig für seine Intelligenz wie für seine Kochkünste bekannt.* Er beäugte die letzten verkohlten Brötchen, die als Futter für die Schweine enden würden, und wurde das Gefühl nicht los, dass auch Cookie sich bald in der Gesellschaft dieser Schweine wiederfinden würde.

Ein Schauer lief ihm den Rücken hinunter. Ein Omen für Veränderung, hätte seine alte Großmutter gesagt. *Ich bin mir nicht sicher, ob das ein gutes oder ein schlechtes Zeichen ist.*

# Kapitel Zwei

## St. Louis, Missouri
## September 1886

Unter dem Vorwand, die Tabletts mit dem Tee vorbereiten zu müssen, verkroch Bertha Bucholtz sich in der Küche ihres Elternhauses, anstatt sich zu ihren Schwestern und deren Verehrern im Wohnzimmer zu gesellen. Selbst bei geschlossener Tür konnte sie die Stimmen Englisch und Deutsch sprechen hören, unterbrochen von schallendem Gelächter. Sie fragte sich, wie lange sie sich noch unbemerkt verstecken konnte.

Zusammenkünfte bei den Bucholtzs waren immer ein heiterer Moment für alle, außer für Bertha, die diese geselligen Anlässe fürchterlich fand. Immer wenn die Gäste redeten, Spiele spielten oder Lieder sangen – und irgendjemand sich auf den Klavierstuhl plumpsen ließ, um sie zu begleiten – störte sie der Geräuschpegel. Sie hasste es, laut sprechen zu müssen, um gehört zu werden, wenn ihr jemand eine Frage stellte – auch wenn das glücklicherweise nicht häufiger als ein oder zwei Mal am Abend vorkam. Sie war von Natur aus zurückhaltend und schüchtern und daher erleichtert, wenn sie der Konversation entgehen konnte; oftmals reichte es ja aus, auf die höfliche Frage »Wie geht es Ihnen, Miss Bertha?« eine einsilbige Antwort zu geben.

Rose Sullivan, die Köchin in mittlerem Alter, stellte eine Kanne Tee zwischen einen Stapel Tassen und Untertassen auf ein Serviertablett. Sie schaute zu Berthas Tablett mit drei Tellern voller Keksen und ließ mit der Vertrautheit einer Frau, die seit über zwanzig Jahren bei der Familie Bucholtz arbeitete, die Zunge schnalzen. »Man könnte meinen, Sie laufen durch den Sumpf, so langsam wie Sie sich bewegen.«

Rose behauptete, eine »Black Irish« zu sein, eine Nachfahrin der Segler, die nach der fehlgeschlagenen Invasion der Spanischen Armada an die irische Küste gespült wurden. Mit ihrem ergrauenden dunklen Haar, den intelligenten braunen Augen und ihrem kantigen Körperbau war sie ganz anders als die blonden, kurvenreichen Frauen der Bucholtzs, doch trotzdem war sie Teil der Familie und Bertha hatte sie gern.

»Nur noch eine Minute, Rose.« Bertha wandte den Blick ab – wohlwissend, dass sie die Teller mit Keksen, die Früchte eines ganzen Nachmittags in der Küche, schon längst hätte auf den Tisch stellen sollen. Doch sie hatte sich so viel Zeit wie möglich gelassen, um ihre Kreationen sorgfältig in Reih und Glied auf jedem Teller anzuordnen.

»Nun machen Sie schon, Miss Bertha! Wie oft wollen Sie diese Kekse noch sortieren? Jetzt haben Sie wirklich genug herumgetrödelt. Die Leute da draußen warten sicher auf ihren Tee.« Der Tonfall der Frau war nicht unfreundlich, schließlich hatte sie Verständnis für Berthas Schüchternheit. »Wenn wir die Tabletts nicht bald rausgebracht haben, wird die Horde hier bei mir in die Küche einfallen und ich muss sie mit meinem Besen vertreiben.«

Die Vorstellung brachte Bertha zum Lächeln – was mit Sicherheit ganz in der Absicht der Köchin lag – obwohl sie sich wünschte, sie wäre mutig genug, jemanden zu bedrohen. Denn Fakt war: Wenn die Horde in die Bastion ihrer Küche eindrang, würde sie sich in ihr Schlafzimmer flüchten.

Sie rückte den letzten Keks zurecht und schaute stolz auf die Platten voller Gebäck hinab: Springerle, Lebkuchen und Pfeffernüsse. Ihre Favoriten waren Springerle – einfache Kekse mit Anisgeschmack und Motiven auf der Oberfläche. Eigentlich wurden Springerle als Weihnachtsgebäck betrachtet, doch sie backte sie gern das ganze Jahr über. Die Bucholtz-Mädchen bekamen von ihren Eltern zu Weihnachten stets einen geschnitzten Holzmodel in verschiedenen Gestalten, und sie hütete das Dutzend, das sie besaß, sorgsam.

Rose beugte sich nach vorn, um Berthas Tablett zu untersuchen und tippte auf das Bild auf einem Keks, der mit dem Schweinemodel geformt worden war. »Versuchen Sie, einigen Freiern Ihrer Schwester eine Botschaft zu senden?«

Sie schüttelte lächelnd den Kopf. »Sie wissen, dass es mich nicht stört, wenn sie Dutzende verschlingen.« Nichts liebte Bertha mehr, als Männer mit gesundem Appetit zu ernähren. *Ich will nur nicht mit ihnen reden.*

»Mich stört es schon«, murmelte Rose. »Je weniger Kekse, desto weniger Arbeit für mich.«

»Ich habe doch gebacken!«, zog Bertha sie auf.

Rose stemmte die Hände in die Hüften. »Und wer wäscht ab, hm?« Sie schlug mit ihrer Schürze. »Jetzt aber ab mit Ihnen!«

Bertha schob noch ein quadratisches Springerle an den rechten Platz. Ohne weitere Ausflüchte hervorzubringen, um ihr Erscheinen im Salon noch weiter hinauszuschieben, nahm sie dann das Tablett und ging damit zur Esszimmertür, die sie mit der Hüfte aufstieß. Als sie eingetreten war, stellte sie das Tablett auf den riesigen rechteckigen Tisch, der mit einer steifen weißen Leinentischdecke bedeckt war.

Direkt hinter ihr folgte Rose mit dem zweiten Tablett. Sie stellte die Teller vom Tablett auf den Tisch.

Bevor Bertha den ersten Schritt tun konnte, um das Tablett zur Küche zurückzubringen, streckte Rose die Hand aus. »Oh, nein, das lassen Sie mal schön sein! Sie bleiben hier und schenken den Tee ein. Ich bringe die Tabletts zurück in die Küche.«

Mit großer Mühe gelang es Bertha, nicht die Augen zu verdrehen.

Rose hob ihr spitzes Kinn und wies damit auf den Salon. »Ab mit Ihnen! Sie wollen doch nicht, dass der Tee kalt wird.«

Mit einem widerwilligen Seufzer ging Bertha auf die Tür zum Salon zu. Sie schlüpfte hinein und hielt dann inne, um sich umzusehen.

Der große Raum, der durch die hohen Fenster mit dem Licht der Nachmittagssonne durchflutet wurde, war voller Menschen, die kreisförmig in Gruppen saßen – Freier, die ihren vier ledigen Schwestern den Hof machten. Sie hatten sich auf mehreren bequemen Sofas, auf Ohrensesseln, auf mit Quasten und Fransen verzierten Ottomanen oder auf gepolsterten Holzstühlen niedergelassen.

Ihr großer Bruder Heinrich stand neben einer Freundin ihrer Schwester Elise – ein neues Gesicht in der Stadt. Er beugte sich aufmerksam vor, um jedes ihrer Worte zu verstehen.

*Völlig vernarrt!* Bertha hoffte, dass die junge Dame das Interesse ihres großen Bruders wert war.

Ihre Mutter saß auf einem Stuhl mit hoher Rückenlehne wie eine Königin auf ihrem Thron und beaufsichtigte ihre Töchter. Ein dicker Zopf aus ergrauendem blondem Haar umgab ihren Kopf wie eine Krone. Während sie ihren gutmütigen Blick durch das Zimmer schweifen ließ, waren ihre Hände damit beschäftigt, eine Decke zu stricken – eine der vielen, die Mutti für die Kirche angefertigt hatte, damit sie an die Armen verteilt werden können.

Berthas Gesicht glühte vor Scham, als sie verkündete: »Der Tee ist serviert.«

Niemand hörte sie.

Sie atmete tief ein und versuchte es erneut, dieses Mal mit etwas lauterer Stimme. »Tee!«

Ein hagerer junger Mann, Sohn eines wohlhabenden Importeurs, der am Rand der Gefolgschaft ihrer Schwester Katya saß, schaute in ihre Richtung – als Einziger, der sie gehört hatte. Seine braunen Augen leuchteten auf und er schälte sich aus dem Sessel, um aufzustehen. »Tee«, rief er mit einer Ochsenfroschstimme, die gar nicht zu seinem Aussehen passte. »Miss Bertha verlangt unsere Aufmerksamkeit.«

Alle Gesichter richteten sich auf Bertha.

Ihre Knie schlotterten. Sie öffnete den Mund, um sie ins Esszimmer einzuladen, doch es kam kein Ton heraus. Unfähig, ein Wort von sich zu geben, winkte sie alle zu sich.

Mit frohem Ausdruck erhob sich die Gruppe und eilte voran.

Bertha wich zurück. Sie verbarrikadierte sich hinter dem Tisch, nahm die Teekanne, eine Tasse und Untertasse und begann einzuschenken. Diese Aufgabe war zumindest recht einfach zu erledigen, denn sie gab ihr eine gute Ausrede, um den Blick gesenkt zu halten. Ohne aufzublicken hielt sie einer Person nach der anderen Tasse und Untertasse entgegen und antwortete mit einem leisen »Bitte« auf deren Dank.

Ab und zu tauschte Rose die geleerte Teekanne gegen eine volle aus.

Endlich ließ der Andrang nach und nur Mutti wartete darauf, bedient zu werden. Bertha reichte ihrer Mutter eine volle Tasse mit Untertasse.

Mutti nippte daran. »Es ist so viel leichter, den Tee zu servieren, wenn Du hier bei uns bist, Herzilein. Doch deine

Zeit in der Brautagentur war wertvoll. Deine Backkünste und deine Organisationsfähigkeit haben sich bei Mrs Seymour deutlich verbessert. Sie stammt aus einer angesehenen Familie aus St. Louis, und das sieht an man deinen Fertigkeiten.«

Erfreut über das Lob nickte Bertha. Sie wusste, dass ihre Eltern sie liebten, doch mit dreizehn Kindern ließ ihre Mutter ihr selten ihre ganze Aufmerksamkeit zukommen. »Ich habe viel gelernt.«

»Aber ich hatte gehofft, durch den Kontakt zu Mrs Seymours Gästen wärst du weniger schüchtern geworden.«

Die Kritik traf sie. Bertha senkte den Blick.

Ihre Mutter wusste nicht, dass sie in Wirklichkeit zur Versandbrautagentur gegangen war, um einen Ehemann zu finden. Mutti hatte gedacht, ihre Tochter wäre der Witwe bei einer großen Feier im Haus behilflich gewesen. »Ich habe Freunde gefunden, Mutti, ganz ehrlich. Und wir schreiben uns.«

Bertha hatte geplant, die über die Versandbrautagentur angebahnte Beziehung bis zum letzten Moment vor ihrer Familie geheim zu halten, denn sie hatte geahnt, dass sie nicht in der Lage gewesen wäre, dem liebevollen, besorgten Druck standzuhalten, den sie auf sie ausgeübt hätte, damit sie zu Hause bliebe und nicht aus St. Louis wegzöge. Im Westen, weit entfernt von ihren übermächtigen Verwandten, hätte sie vielleicht sie selbst werden können – wer auch immer das war –, anstelle der schüchternen, übergewichtigen Bucholtz-Tochter, die wie eine Pute unter Schwänen wirkte.

Nun, da ihr Plan gescheitert war, wusste sie nicht, was sie als nächstes tun sollte.

Ihre Mutter seufzte. »Du hast dich nie besonders in unsere gesellschaftlichen Zusammenkünfte eingebracht, und ich habe dich auch nicht dazu gedrängt, in der Hoffnung, du würdest Fuß fassen. Vielleicht war es ein Fehler von mir, so nachsichtig zu sein. Aber jetzt, wo deine älteren Brüder und

Schwestern verheiratet sind und deine jüngeren Schwestern mehr Freier haben als nötig, bist du an der Reihe. Wie sollst du einen Ehemann finden, wenn du dich immer versteckst?« Sie deutete auf die Küche.

Bertha schwieg und begutachtete das einsame Springerle auf dem Teller, als hätte das kleine Schweinchen eine Antwort auf die Frage ihrer Mutter.

»Du bist dreiundzwanzig, Herzilein. Wünschst du dir denn keinen Mann und ein eigenes Heim? Eine Familie?«

»Doch, Mutti.« Aus Angst, ihre Mutter würde ihr die Scham und Enttäuschung darüber, unverheiratet nach Hause zurückgekehrt zu sein, ansehen, gelang es Bertha nicht, ihr in die Augen zu schauen.

Mrs. Seymour war schließlich nichts vorzuwerfen. Die Hausmutter hatte zwei potentielle Ehemänner für Bertha gefunden, doch beide Vermittlungen waren gescheitert. *Mir gelingt es noch nicht einmal, eine Versandbraut zu werden – und selbst die unsympathische Prudence Crawford, mit allen ihren Fehlern, hatte es geschafft.*

»Ich muss darauf bestehen, meine Tochter.« Der Ton ihrer Mutter war freundlich, aber bestimmt. »Von jetzt an wirst du bei deinen Schwestern im Salon bleiben. Mit dem Verstecken in der Küche ist es vorbei.«

Bertha wurde es ganz bang ums Herz. »Aber was ist mit den Keksen?«

»Was meinst du, wie wir zurechtgekommen sind, als du nicht hier warst? Die Mädchen und ich helfen Rose beim Backen, anstatt auf der faulen Haut zu liegen und alles dir zu überlassen.«

Resigniert goss Bertha sich eine Tasse Tee ein und füllte einen kleinen Teller mit dem verbliebenen Gebäck. *Zumindest habe ich beim Essen etwas zu tun. Wenn ich immer nur einen winzigen Bissen nehme und immerzu kaue, habe ich einen Vorwand, um nicht reden zu müssen.*

»Wenn es dir lieber ist, darfst du heute Abend neben der Tür oder in der Ecke sitzen. Aber morgen erwarte ich von dir, dass du inmitten der anderen sitzt. Falls du dich damit wohler fühlst, kannst du dich natürlich auch zu einer deiner Schwestern gesellen − das ist mir recht.«

Beide Alternativen klangen nach einer Qual. Sie liebte ihre Schwestern und wusste, dass diese Liebe auf Gegenseitigkeit beruhte, doch wenn sie neben einer von ihnen saß, würde das nur die Unterschiede zwischen ihnen hervorheben. Angesichts der energischen Lebhaftigkeit und der Kurven ihrer Schwestern fühlte Bertha sich nur langweilig, verklemmt und dick.

Allein dazusitzen und sich zu einer Unterhaltung mit Männern zu zwingen, die immer wieder verstohlene Blicke auf die anderen Bucholtz-Mädchen warfen, war unerträglich. Einige der Freier gaben sich Mühe, um sie aus der Reserve zu locken, doch angesichts ihrer ruhigen, knappen Antworten erschien ihnen ein längeres Gespräch mit ihr offensichtlich mühsam und so wandten sie sich schon bald auf der Suche nach besserer Unterhaltung von ihr ab.

Mit einer Handbewegung schickte Mutti sie in den Salon.

Als sie sich mit ihrem Schicksal abgefunden hatte, trottete Bertha, mit Tasse und Untertasse in der einen und einer Platte Kekse in der anderen Hand, in den lauten Salon. Sie hörte ein paar Gesprächsfetzen von den Unterhaltungen auf Englisch und Hochdeutsch − der Sprache, die die Mitglieder der Familie Bucholtz bei gesellschaftlichen Anlässen anstelle des alemannischen Dialekts, den sie untereinander sprachen, verwendeten. Sie erspähte einen Holzstuhl in der Ecke hinter der Standuhr und eilte darauf zu, um sich zu setzen. Wie sie gehofft hatte, wurde sie zum Teil von der Uhr verdeckt. Das laute Ticken der Zeiger und das durchdringende Schlagen zur vollen Stunde hielt die anderen auf Entfernung.

Wäre es ihr gestattet gewesen, wie ein Mäuschen in der

Ecke zu sitzen und nur zu beobachten, wäre sie wirklich zufrieden gewesen. Durch die Trennung von ihrer Familie hatte sie diese ganz neu zu schätzen gelernt.

Ihre Schwester Elise, die am anderen Ende des Zimmers saß und von nicht weniger als vier Verehrern umgeben war – zwei davon Brüder – stand auf und ging zum Briefschlitz. Sie hob zwei Briefe auf, die eingeworfen worden waren, und musterte die Adressen. Sie reichte Heinrich einen davon und suchte dann mit den Augen den Raum ab. Als sie Bertha erblickte, winkte Elise mit dem Brief und schlängelte sich in ihre Richtung durch den Salon.

Elise hatte von allen Mädchen der Bucholtzs die schmalste Taille, die durch ein eng geschnürtes Korsett hervorgehoben wurde. Und doch hatte sie eine kurvenreiche Figur, die auf Männer wie ein Magnet wirkte. Ihre geröteten Wangen und ihr glückliches Lächeln zeigten, wie sehr sie sich über die Aufmerksamkeit der anderen freute. Ihr blaugrünes Kleid hob ihre Augen hervor und ihre offen getragenen, blonden Locken umspielten ihr Gesicht und wippten bei jeder Bewegung. Sie blieb vor Bertha stehen und schwenkte den Umschlag hin und her. »Aus dem Montana-Territorium.«

Berthas Herz machte einen kleinen Sprung. *Y Knot oder Sweetwater Springs?* In beiden Städten hatte sie Freundinnen aus der Versandbrautagentur, und der Briefkontakt mit den sechs Frauen war ein bittersüßer Lichtblick in ihrem Leben. Sie liebte es, Einzelheiten über das neue Leben ihrer Freundinnen zu erfahren, aber die Briefe erinnerten sie auch daran, dass ihr ein Partner fehlte.

So enttäuschend die Zeit in der Agentur in Hinsicht auf die erhofften Verehrer auch gewesen sein mochte – sie hatte es ihr ermöglicht, Frauen kennenzulernen, die vollkommen anders waren als die deutschen Handelsfamilien, aus denen der Bekanntenkreis der Bucholtzs bestand.

»Danke, Elise.« Mit freudigem Lächeln nahm Bertha den Brief entgegen und schaute auf den Absender. In gestochen scharfer Schönschrift las sie *Mrs. Michael Morgan*. Sie brauchte einige Sekunden, um sich gewahr zu werden, dass der Brief von Prudence Crawford stammte. Die ehemalige Versandbraut besaß einen Hang zur Boshaftigkeit, den sie oft an Bertha ausgelassen hatte. Die Frau hatte Michael Morgan, den Besitzer einer Goldmine außerhalb von Sweetwater Springs, geheiratet.

Berthas Magen zog sich zusammen, als hätte er einen Schlag erhalten. Sie blinzelte, um ihren Blick zu klären und las den Namen noch einmal, bevor sie den Brief zwischen ihr Bein und die Armlehne steckte. Ganz gleich, was Prudence zu sagen hatte – es konnte warten. *Vielleicht sollte ich den Brief besser gleich in den Müll werfen!*

Elise warf ihr einen neugierigen Blick zu. »Machst du den Brief denn gar nicht auf?«

Bertha zwang sich ein Lächeln auf die Lippen. »Später.«

Ihre Schwester nickte und ging zu ihrem Platz zurück.

Jegliche Freude an der Beobachtung ihrer Familie war geschwunden, denn Bertha war sich zu sehr des Briefes bewusst, der durch ihren Rock und mehrere Petticoats hindurch zu brennen schien. Schließlich wurde sie durch die Uhr aufgeschreckt, die lautstark zur vollen Stunde schlug. Ein Kopfschmerz erfasste ihre Stirn und schien mit jedem Gong zu pulsieren.

In der Auffassung, dass sie nun lange genug geblieben war, wartete sie, bis ihre Mutter in ein Gespräch vertieft war und huschte dann mit dem Brief in die Küche. Sie blieb nur kurz stehen, um Rose zu bitten, ihr einen Weidenrindentee zu kochen. Um Erklärungen zu vermeiden, stürzte sie die enge Dienstbotentreppe hinauf – sie befürchtete, dass ihre Mutter sie bei ihrer Flucht ertappen würde, wenn sie die Haupttreppe nahm.

Angekommen im Schlafzimmer, das sie sich mit zwei ihrer Schwestern teilte, suchte Bertha in der friedlichen Ruhe Zuflucht. Ihres war das mittlere von drei Eisenbetten, die, getrennt durch schmale Tischchen mit Öllampen und Büchern, in einer Reihe standen. Bauschige weiße Federbetten und von den Mädchen selbst angefertigte Patchworkdecken bedeckten jedes einzelne.

Bertha nahm auf ihrer Matratze Platz, umhüllt von ihrem aufgebauschten Federbett. Sie starrte auf den Umschlag, hin und her gerissen, was sie tun sollte. Zu guter Letzt siegte die Neugier über die Furcht.

Die erste Zeile von Prudence stach hervor.

*Ich schreibe Dir, um mich zu entschuldigen, weil ich Dich so fürchterlich behandelt habe.*

Bertha verschlug es den Atem. Prudence entschuldigte sich nie, es sei denn, Mrs Seymour hatte es ihr befohlen.

*Die Ehe mit Mr Morgan und das Leben in einer winzigen Stadt im Westen haben mir die Augen geöffnet und mir meinen wahren Charakter gezeigt. Zwar will ich nicht behaupten, perfekt zu sein – und ich habe Michael verboten, das Wort gezähmt zu verwenden –, doch ich bin ein wesentlich besserer Mensch geworden und schäme mich nun für mein grausames Verhalten Dir gegenüber. Ich hoffe, es kommt die Zeit, dass Dein großzügiges Herz mir vergeben kann.*

»Du machst wohl Witze«, sagte Bertha laut, als wäre ihre Erzfeindin im Zimmer. »Das wäre typisch für dich, Prudence, mir so einen grausamen Streich zu spielen.«

Bertha las den Brief erneut, dieses Mal aufmerksamer. Die Nachricht klang nett, aufrichtig und ganz und gar nicht nach der Frau, die sie kannte. Sie schaute auf die Unterschrift, um sicherzugehen, dass es sich tatsächlich um die gleiche Person handelte.

*Mrs Michael Morgan (die ehemalige Prudence Crawford)*

Bertha musterte die Form der Buchstaben. Sie hatte nicht viele Beispiele von Prudences Handschrift gesehen, doch ihrer Erinnerung zufolge stammte die Schrift, so unglaublich es auch erschien, aus der Feder dieser Frau.

Noch immer fassungslos las Bertha den Brief noch einmal. Dieses Mal trat die Aufrichtigkeit von Prudences entschuldigenden Worten hervor. »Was ist da im Westen mit dir geschehen?«, wunderte sie sich und sprach, als könnte die Frau ihr antworten. »Ist Michael Morgan ein Hexenmeister, der dich mit einem Zauber belegt hat? Vielleicht mit einem Zauber der Liebenswürdigkeit?«

Sie ging dazu über, den nächsten aufregenden Punkt zu beleuchten.

*Ich schreibe Dir auch, um Dir einen Arbeitsplatz anzubieten. Das Wohnheim in Morgan's Crossing, in dem fünfundzwanzig Bergmänner leben, braucht eine Köchin und Haushälterin. Ich will Dir nichts verschweigen – das Haus ist ein fürchterlicher Ort – ein Schweinestall, in dem den Männern ein Fraß vorgesetzt wird. Ich habe bei meinem Mann durchgesetzt, dass er jemanden einstellt, um den momentan Verantwortlichen zu ersetzen.*

*Ich empfehle Dich, da ich Deinen geduldigen Charakter, Deine ausgezeichneten Gewohnheiten in Bezug auf Arbeit und Sauberkeit und Deine köstlichen Brötchen schätze. (Der derzeitige Inhaber backt welche, die wie Steine sind!)* Geschmeichelt fragte Bertha sich, ob sie in Erwägung ziehen sollte, die Stelle anzunehmen.

Sie ließ den Brief auf den Schoß sinken. Hätte eine ihrer teuren Freundinnen aus dem Montana-Territorium ihr geschrieben, um ihr eine Arbeit anzubieten, hätte sie die Gelegenheit beim Schopf ergriffen. Doch da es sich um eine Anfrage von Prudence handelte, war sie eher dazu geneigt, davonzurennen. *Nun ...,* fügte sie selbsterniedrigend in Gedanken hinzu, *eher in die entgegengesetzte Richtung zu watscheln.*

*Nein, ich kann ihr nicht vertrauen.*

Schallendes Gelächter drang aus dem Salon zu ihr, sodass Bertha sich auf die Lippe biss. Plötzlich wirkte Prudences Stellenangebot attraktiver. Sie ging die Einzelheiten durch.

*Mein Mann wird Dir ein großzügiges Gehalt zahlen (dafür sorge ich), doch noch wichtiger ist: Du wirst hier gebraucht, und ich vermute, diese Tatsache ist am verlockendsten für Dich.*

Bertha rümpfte die Nase bei diesem Absatz – es gefiel ihr gar nicht, wie gut Prudence sie kannte.

Und doch fühlte sie sich von der Stelle irgendwie angezogen.

Sie presste die Lippen aufeinander, stand auf und ging zu einem Schreibtisch in der Zimmerecke. Bevor sie die Idee gänzlich verwarf, musste sie sich den Rat ihrer Freundinnen in Sweetwater Springs einholen. Hoffentlich würde Darcy Walker, die scharfsinnige Versandbraut, die Bertha am besten kennengelernt hatte und die einen genauso klugen Mann geheiratet hatte, ihr einen Ratschlag geben können.

Sie zückte ein Blatt Papier, tauchte eine Feder ins Tintenfass und begann zu schreiben.

*Liebe Darcy,*

*ich habe gerade einen sehr merkwürdigen Brief von Prudence Crawford erhalten – wie Du vielleicht weißt, heißt sie jetzt Prudence Morgan und lebt in Morgan's Crossing, in der Nähe von Sweetwater Springs. Vielleicht hast Du sie sogar schon gesehen.*

*Ehrlich gesagt, habe ich Prudence nicht die geringste Beachtung geschenkt, als sie vermittelt wurde. In meiner Enttäuschung über Mrs Seymours Entscheidung, die Agentur zu schließen, habe ich die Ohren verschlossen, als Prudence von den Einzelheiten geschwatzt hat. Doch ich erinnere mich daran, dass sie als First Lady von Morgan's Crossing in einer Villa leben würde.*

*Prudence hat mir eine Stelle als Köchin und Leiterin des Wohnheims angeboten, in dem fünfundzwanzig Bergmänner versorgt werden. Sie beschreibt es als »Schweinestall«. Auch wenn die Vorstellung abschreckend wirkt, gefällt mir die Herausforderung. Ich bin sicher, dass die Minenarbeiter großen Appetit haben müssen und Du weißt, wie gerne ich andere verköstige. Außerdem werden meine Talente dort gebraucht und auch das ist mir sehr wichtig.*

29

*In ihrem Brief hat Prudence sich tatsächlich dafür entschuldigt, mir Schaden zugefügt zu haben! Sie wirkte ehrlich, ist und bleibt aber Prudence!*

Bertha zog den Strich unter dem Namen so kraftvoll, dass sie einen Kratzer auf dem Papier zurückließ.

Sie tauchte die Federspitze in das Tintenfass und stellte Darcy die alles entscheidende Frage.

*Kann dieser Wandel wahrhaftig sein?*

Sie seufzte und fuhr fort.

*Deshalb schreibe ich Dir, um Dich zu bitten, mir einen Rat zu geben und mir von eventuellen Erkenntnissen von Trudy und Lina zu berichten. Liebend gern würde ich die Stelle annehmen, doch es macht mir Angst, auf die Gnade von Prudence Crawford angewiesen zu sein!*

*Von Herzen,*

*Bertha Bucholtz*

*P.S.*

*Noch dazu hätte ich den Vorteil, im Montana-Territorium zu leben und so ab und an meine lieben Freundinnen in Sweetwater Springs besuchen zu können. Der Gedanke allein ist fast schon genug, um es mit Prudence aufzunehmen!*

Bertha faltete den Brief und steckte ihn in einen Umschlag. Dabei fragte sie sich, worauf sie mehr hoffte – auf eine positive Antwort von Darcy in Bezug auf Prudence und somit auf die Möglichkeit eines neuen Lebens im Westen, oder auf die Bestätigung ihrer Befürchtungen und ihr Verbleiben in St. Louis.

# Kapitel Drei

Darcy Walker saß auf dem gepolsterten Wagensitz neben ihrem Mann Gideon auf dem Weg zur Kirche in Sweetwater Springs. Sie freute sich, eines ihrer liebsten Kleidungsstücke zu tragen, das erst letzte Woche mit den Koffern eingetroffen war, die ihr ihre ehemalige Kammerzofe zugestellt hatte – eine der Bediensteten, die Darcy weiterhin in den Häusern der Familie in New York und Newport, Rhode Island, beschäftigte. Das zweiteilige Kleid bestand aus einem schieferblauen Seidenkorsett aus *Crêpe de Chine* mit einer dunkleren Samtbordüre. Der Seidenrock mit Samteinsatz war zum Rücken hin mit Rüschen abgestuft, sodass der Eindruck einer Tournüre entstand, ohne dass sie die Unannehmlichkeit hatte, ein Drahtgestell mit sich herumtragen zu müssen.

Der Septembermorgen war kühl, aber sonnig, und sie kamen gut voran.

Bewundernd betrachtete sie ihren Ehemann, der einen neuen blauen Anzug und eine Melone trug, die ihm vor Kurzem von seinem Schneider in Crenshaw zugestellt worden waren. Sie wusste, dass Gideon seine bequeme alte Kleidung bevorzugte und den Anzug nur ihr zuliebe trug. »Lass uns vor der Messe noch am Bahnhof anhalten und die

31

Post holen. Vielleicht erwartet mich ein Brief aus Y Knot, den ich Lina zeigen kann.«

So früh am Morgen waren kaum Kirchgänger auf der Hauptstraße, die sich durch die Stadt zog. Trotzdem hielt Darcy nach Lina Ausschau, in der Hoffnung, die ehemalige Versandbraut – eine ihrer besten Freundinnen – ausfindig zu machen, die Gideons Nachbar Jonah Barrett geheiratet hatte. Sie vermutete, Trudy Flanigan und ihr Mann Seth würden es heute nicht schaffen, da die Ernte ein Kampf gegen das Wetter war.

So sehr sie die Ruhe mit ihrem Mann in ihrem abgeschiedenen Waldhaus auch schätzte, freute sich Darcy doch auf die Sonntage, an denen sie – wenn es das Wetter zuließ – etwas Zeit mit ihren Freundinnen verbringen konnte, obwohl sie Lina, die in der Nähe wohnte, auch manchmal unter der Woche sah.

Sie kamen an der Pferdestation an – ein zweistöckiges Gebäude aus verwitterten grauen Brettern. Ein Stallbursche trat aus der weit geöffneten Tür und nahm ein braunes Appaloosa-Pferd entgegen, das von einem Cowboy auf seinem Weg zur Kirche abgegeben wurde. Er hob eine Hand zum Gruß. »Lassen Sie den Wagen einfach hier«, rief er. »Ich bringe ihn für Sie hinein.«

»In Ordnung.« Gideon brachte das Gespann zum Halt und zog die Bremse. Er knotete die Zügel fest, sprang hinab und ging um den Wagen herum, um Darcy herunter zu helfen.

Beim Absteigen versuchte Darcy erfolglos zu verhindern, dass ihr Rock das Wagenrad berührte oder sie den dazu passenden Samtschal verlor, der ihr von der Schulter rutschte. Sie verzog das Gesicht und traf eine Entscheidung über ihre zukünftige Art der Fortbewegung.

Auf dem Boden angelangt, raffte Darcy ihre Röcke und nahm Gideons Arm. Während sie zur Pferdestation liefen, achtete sie sorgfältig darauf, den Saum zu heben und den Misthaufen auszuweichen. »Es ist Zeit, einen Surrey zu kaufen«, verkündete sie. »Wagen sind für Männer geschaffen, nicht für Frauen in Röcken – selbst, wenn wir gezwungen sind, in ihnen zu reisen.«

Gideon machte große Augen und warf einen Blick über die Schulter zurück. »Wir haben den Wagen gerade erst gekauft.«

»Wir haben ihn gekauft, um Bauholz und andere Dinge für den Hausbau zu transportieren und um die Möbel auszuliefern, die du herstellst«, erklärte sie in sachlichem Ton. »Aber du musst zugeben, dass es nicht gerade das komfortabelste Verkehrsmittel ist.«

Er lächelte, sodass sich um seine silberfarbenen Augen Fältchen bildeten. »Ich frage mich, ob ich mich je daran gewöhnen werde, eine wohlhabende Frau zu haben.«

»Ich frage mich, ob ich mich je daran gewöhnen werde, einen *Mann* zu haben«, neckte sie ihn.

»Da muss ich wohl den Stall ausbauen.«

Als sie sich dem Bahnhof näherten, kam der kleine Bahnhofsvorsteher und Postmeister Jack Waite humpelnd den Bahnsteig entlang und die Stufen hinunter auf sie zu. Er wedelte mit einem Umschlag. »Ich habe Sie durch das Fenster hindurch gesehen«, sagte er grinsend. »Da ich auf dem Weg zur Kirche bin, dachte ich, ich erspare Ihnen die Mühe hereinzukommen.«

»Wie freundlich von Ihnen, Mr Waite.« Darcy nahm den Brief entgegen.

Er tippte sich zum Gruß an den Hut. »Ein schöner Tag, um die Straße entlang zu spazieren. Es vielleicht nicht mehr viele geben. Da muss man jeden nutzen.«

Seine Freundlichkeit brachte sie zum Lächeln und sie nickte. »Dann sehen wir uns in der Kirche.«

Er fasste sich an den Hut.

Darcy musterte den Umschlag. »Der kommt von Bertha. Ich frage mich, wie sie sich zu Hause eingelebt hat. Es ist noch zu früh, als dass sie Linas Brief über das Abendessen mit Prudence und Michael erhalten haben kann.« Sie umschloss Gideons Arm fester. »Oh, ich wünschte, ich könnte Berthas Gesicht sehen, wenn sie liest, dass Prudence sich in ein warmherziges Wesen verwandelt hat. Sie wird glauben, wir scherzen.«

Gid schaute sie nachdenklich an. »Ich denke, sie hat sich für immer verändert. Ich habe nicht den Eindruck gehabt, dass Prudence falsch ist.«

Darcy wurde still. Gideon und sie hatten das Thema schon einmal besprochen, wobei sie ungläubig und er zuversichtlich gewesen war. Er hatte die boshafte Prudence nie kennen gelernt und hatte es deshalb einfacher, ihre Veränderung hinzunehmen. Darcy mochte die neue Prudence, doch sie hatte Angst, der Frau zu vertrauen und sich ganz aus der Reserve locken zu lassen. »Ich vermute, es geht hier eigentlich mehr um *mich*. Wenn ich Prudence lieb gewinne und sie zu ihrem früheren Ich zurückkehrt, wird mich das verletzen.«

Er nickte.

»Als wir in der Agentur waren, hat Prudence ihre Waffe der Boshaftigkeit nicht gegen mich eingesetzt, weil ...«, Darcy hob gespielt eingebildet ihre Nase in die Luft, »ich einen höheren Status in der Gesellschaft habe und reicher bin. Sie hat sich die ausgesucht, die ihrer Ansicht nach von niedererem Stand waren.«

»Ich bin sicher, du warst die Verteidigerin der anderen.«

»Wenn ich in der Nähe war schon. Aber diese hinterlistige Frau wartete oft, bis sie mit ihrem Opfer oder ihren Opfern allein war. Besonders grausam war sie zu der armen Bertha, die zu ruhig und schüchtern war, um sich zu verteidigen.«

Mit einem Schulterzucken legte Darcy das Dilemma von Prudences dauerhaftem Wandel ad acta. »Nun gut, darüber muss ich mir ja nicht heute den Kopf zerbrechen. Kommt Zeit, kommt Rat, denke ich.« Sie blieben vor dem Geschäft stehen und Gideon wartete geduldig. Sie öffnete den Umschlag, zog den Brief heraus und begann zu lesen.

Darcy schüttelte das Papier und ein ironisches Lachen platzte aus ihr heraus. »Ich habe zu früh geredet. Prudence hat Bertha dazu eingeladen, nach Morgan's Crossing zu reisen und das Wohnheim zu leiten.« Sie ließ den Brief sinken. Ich muss zugeben, dass mich Prudence Morgan dazu bringt, wie ein Bettlaken im Wind zu flattern.

Er zog die Augenbrauen zusammen. »Ich bin sprachlos.«

»Du bist sprachlos wegen Prudence?« Sie zog ihn am Arm und sie begannen, die Straße entlang in Richtung Kirche zu spazieren.

»Ich bin sprachlos, weil mir einfach kein Zitat aus der Literatur als passende Antwort auf deinen Wäschevergleich einfällt.«

Darcy brach in Gelächter aus. »Nanu, das ist ja etwas ganz Neues!« Sie hielt eine Minute lang inne und kramte in ihrem Gedächtnis. »Mir kommt auch keins in den Sinn.« Sie schaute in seine ruhigen Augen, die nun vor Vergnügen funkelten, und verliebte sich sogar noch mehr in ihn. *Nie hätte ich gedacht, dass ich jemanden finden würde, der mich versteht, und noch weniger, dass er genauso gern in Zitaten spricht wie ich.* Sie beugte sich zu ihm und berührte seinen Arm. »Ich hoffe, wir können einen guten Ehemann für Bertha finden, sodass sie mit ihm genauso glücklich sein kann wie ich mit dir.«

Er schenkte ihr ein Lächeln – eines von denen, die er nur für sie bereithielt und die sie immer wieder bis ins Innerste erwärmten.

Sie lenkte ihre Gedanken wieder auf das aktuelle Thema. »Ich werde Trudy und Lina mit dieser Aufgabe betrauen, denn sie kennen die meisten Leute hier. Und du weißt ja, wie gerne sie andere verkuppeln.«

Nach der Kirche hatten Darcy und Gideon gerade erst ein paar Schritte hinaus gemacht, als er aufschaute und die Stirn runzelte.

Darcy sah seinen ungewöhnlichen Gesichtsausdruck und folgte seinem Blick, doch sie konnte nichts Beunruhigendes entdecken, bloß ein paar hauchdünne Wolken, die am tiefblauen Herbsthimmel hingen. »Was denn?«, fragte sie?

»Ich habe dir nichts von meinem Unbehagen erzählt«, sagte er langsam. »Ich bin auch nicht mal sicher, ob ich mir überhaupt Sorgen machen sollte.« Er deutete mit dem Kopf in die Richtung, wo die Flanigans und die Barretts gerade aufeinander zugingen. »Erst einmal möchte ich mit Jonah sprechen ... um zu sehen, ob er es bemerkt hat ... vielleicht herausfinden, ob die Indianer besorgt sind ...«

Obwohl Darcy gern mehr erfahren hätte, ermahnte sie sich zur Geduld. Sie hatte gelernt, wann sie ihren Mann zum Reden drängen sollte und wann sie ihn besser in Ruhe ließ. »Du hast einen guten Instinkt, Gideon. Den solltest du nicht missachten.«

Er nahm ihren Ellenbogen und führte sie zu Jonah und Lina Barrett, die beide ihren kleinen Sohn Adam an der Hand hatten. Lina, eine vollbusige Italienerin, trug ein rosarotes Kleid, das ihre olivfarbene Haut und ihre dunklen Augen gut zur Geltung brachte.

Der kleine Junge hatte Jonahs flaschengrüne Augen, die olivfarbene Haut und das glatte dunkle Haar seiner Mutter, die Schwarzfußindianerin gewesen war, sowie ein ansteckendes Lächeln.

Darcy kniete sich auf seiner Augenhöhe zu Boden. »Hallo Adam.« Sie streckte die Arme aus.

Seine Eltern ließen ihn los, und er tapste auf sie zu, um sie zu umarmen.

Wie immer wurde ihr bei seiner liebevollen Zuneigung warm ums Herz. Sie hatte noch nie zuvor Erfahrungen mit Kleinkindern gehabt und auch nicht geglaubt, sich besonders für sie zu interessieren. Doch sie hatte Adam so liebgewonnen, dass ihre Gefühle sich gewandelt hatten und sie sich jetzt darauf freute, eigene Kinder zu haben. Darcy erhob sich und lächelte Lina an. »Ich bin mir sicher, dass dieser Junge hier seit letztem Sonntag gewachsen ist.«

Gideon blieb gerade einmal die Zeit, Adam über den Kopf zu streichen, da machte sich das Kind auch schon auf den Weg zu seinem rothaarigen besten Freund, wobei die beiden kleinen Jungen von ein paar älteren Mädchen beobachtet wurden.

Bei Darcys Kompliment strahlte Lina voller mütterlichem Stolz und strich eine Korkenzieherlocke zurück, die sich aus ihrem Dutt gelöst hatte. »Eine Kombination aus Tomatensoße und Liebe. Er ist zu einer kleinen Plaudertasche geworden, auch wenn ich seine Worte nicht immer verstehe.«

Jonah schaute mit einem stolzen Lächeln auf den Lippen zu. Er hatte schulterlanges blondes Haar, einen kurzgehaltenen Bart und trug ein neues grünes Hemd, das seine Frau vor Kurzem für ihn angefertigt hatte.

Obwohl Darcy Linas Nähkünste bewunderte, war sie dankbar, dass das Schneidern nicht zu ihrem schwer erlernten Repertoire von Hausarbeiten gehörte.

»Von Bertha.« Darcy schaute Trudy und Lina mit dem Brief wedelnd an. »Und Gideon macht sich Sorgen.«

Erneut runzelte ihr Mann die Stirn. »Ich glaube, es kommt ein harter Winter auf uns zu. Bei Flora und Fauna sehe ich schon die ersten Anzeichen – die Vögel fliegen sehr früh in den Süden, die Biber bauen dickere Dämme, die Elche und Rothirsche bekommen zotteliges Fell. Wir müssen uns vorbereiten.«

Lina runzelte die Brauen. »Also, mit meinem eingelegten Obst und Gemüse denke ich, dass wir genug Vorräte haben, um bis zum Frühling durchhalten zu können. In ein paar Wochen schlachten wir die Schweine. Aber was hat der Winter mit Bertha zu tun?«

Darcy erzählte kurz von Prudences Stellenangebot.

Jonah strich sich über das bärtige Kinn. »Ich stimme Gid zu. Eure Freundin Bertha sollte so früh wie möglich herkommen, damit sie auf dem Weg zum Bergbaulager nicht in einem Schneesturm stecken bleibt. Und wenn es ein schlimmer Winter ist, wird Morgan's Crossing isoliert sein und alle Vorräte aufbrauchen. Sie haben zwar ein wenig Getreide und Vieh, doch darauf legen sie nicht den Schwerpunkt. Ich weiß nicht, wie die Bevölkerung mit einem harten Winter zurechtkommen würde.«

»Was meint ihr mit *hart*?«, fragte Lina und schaute besorgt von einem Mann zum anderen.

»Viele Unwetter. Tiefschnee, auch dann noch, wenn es eigentlich schon Frühling sein sollte.« Gideon zuckte die Schultern. »»Der Winter wird lang und trostlos««, stimmte er leise an. »»Die Natur wirkt düster.««

Darcy konnte das Zitat nicht zuordnen, nahm sich aber vor, ihn später danach zu fragen.

Gideon schaute sich um. »Ich möchte mit jemandem reden, der schon länger hier wohnt als ich.«

Jonah zeigte auf den Rancher John Carter, der zu denen gehörte, die schon am längsten in der Gegend ansässig waren und der sich mit einem kleineren Mann unterhielt. »Dann ist John der richtige Ansprechpartner. Vielleicht weißt du nichts davon, aber seine Großeltern gehörten zu den ersten Siedlern hier. Er spricht gerade mit Addison, dem das

Nachbargrundstück gehört. Ich glaube nicht, dass du den Mann schon kennen gelernt hast.«

John hob grüßend die Hand als Reaktion auf Jonahs Geste. Er sagte etwas zu seinem Gesprächspartner und beide kamen näher. John grüßte die sechs Menschen herzlich, sah aber offenbar ihre ernste Miene. »Wo liegt das Problem?«

Alle schauten zu Gideon.

»Ich weiß nicht, ob es ein Problem gibt ... aber ich vermute, dass eventuell ein harter Winter auf uns zukommt, wenn ich die Zeichen der Natur richtig deute.«

John runzelte die Stirn. »Ich hoffe, das ist nicht der Fall, denn für das Vieh wäre das problematisch. Ich bin darauf angewiesen, dass es frei grasen kann, auch wenn der Sommer so trocken war ... Er schüttelte den Kopf. »Ich habe schon zusätzliches Getreide gekauft und Heu und Schneckenklee gelagert, aber es reicht nicht, um die ganze Herde durch einen langen Winter zu bringen.« Er ließ den Blick in die Ferne schweifen. »Zu gern würde ich das, was Sie sagen, abtun und mir sagen, es wird schon alles gutgehen. Aber was ist, wenn Sie recht haben?«

Ein Murmeln ging um.

»Was ist, wenn wir einen Winter wie den von neunundsiebzig und achtzig haben?«, fragte John. »Nicht einmal die Züge würden fahren können.«

»Jetzt sehen Sie aber Gespenster!« Der Spott kam vom Rancher Addison, einem schlanken Mann, von Kopf bis Fuß ganz in Braun – mit braunen Haaren, Augen, Kleidern, Stiefeln und gebräunter Haut.

»Das kann schon sein«, sagte John ruhig. »Aber lieber sehe ich Probleme im Voraus, als mich von ihnen überraschen zu lassen.« Er wandte sich Jonah zu. »Ich wäre Ihnen dankbar, wenn Sie ausreiten würden, um der Familie Ihrer verstorbenen Frau einen Besuch abzustatten. Und zu sehen, ob die Indianer besorgt sind.«

» Rothäute«, spottete Addison und verschränkte die Arme vor der Brust.

Jonah erstarrte.

John ignorierte Addison und blinzelte im Sonnenlicht. »In der Zwischenzeit beauftrage ich meine Männer damit, das wilde Heu an den Wasserläufen der nördlichen Grenzlinie zu mähen. Die Herde wird im Winter ohnehin nicht so weit kommen. Es kann nichts schaden, etwas mehr auf Vorrat zu haben. Und ich denke, ich werde noch mehr Getreide bestellen.«

»*Pah!* Geldverschwendung!« Mr Addison verzog den Mund, als wollte er spucken und schien sich dann der Anwesenheit der Damen gewahr zu werden.

Johns Augen funkelten. »Seien Sie kein Narr, Addison«, sagte er in scharfem Ton. »Wenn nichts davon eintritt, haben wir im Frühjahr eben dickeres Vieh, weil wir zusätzliches Futter zur Verfügung haben, statt ohne dazustehen. Dickeres Vieh bringt mehr Geld ein.«

»Pah!« Mit abtuender Handbewegung wandte sich der Rancher ab und ging davon.

»Betteln Sie dann bloß nicht um Futter«, rief John ihm nach.

Addison drehte sich nicht um.

Darcy schenkte John ein warmes Lächeln. »Mr Addison macht sich *jetzt* wahrscheinlich keine Sorgen, weil er weiß, dass er *später* von Ihrer Großzügigkeit profitieren wird. Wenn der Mann angekrochen kommt, werden Sie ihm doch helfen. Sehen Sie nur, wie viel Zeit Sie und Ihre Arbeiter aufgebracht haben, um Gideon und mir dabei zu helfen, unser Haus wieder aufzubauen – und wir leben weit entfernt von Ihnen. Außerdem, vermute ich, ist es nicht das erste Mal, dass Sie ihm zu Hilfe kommen.«

John stieß langsam einen Seufzer aus. »Ich glaube, besser bestelle ich eine besonders große Menge Getreide. Zu guter

Letzt versorge ich womöglich den ganzen verdammten Landkreis.« Er warf Jonah einen Blick zu. »Finden Sie heraus, was die Familie ihrer verstorbenen Frau zu sagen hat! 1880 haben die Indianer uns gewarnt, aber die meisten haben ihnen keinerlei Beachtung geschenkt. Wenn der Stamm auch so einen harten Winter voraussieht wie Gideon, werde ich persönlich die Führung bei der Warnung unserer Bevölkerung übernehmen.«

Darcy ergriff Linas Ellenbogen und gab ihr schweigend mit einem Blick zu verstehen, dass sie unter vier Augen mit ihr sprechen wollte. Sie entfernten sich von der Unterhaltung, bis sie außer Hörweite waren. Darcy übergab Lina den Brief von Bertha.

Nachdem sie ihn gelesen hatte, schüttelte Lina den Kopf. »Ich weiß nicht, was ich dazu sagen soll. Bertha denkt, Prudence würde in einer Villa leben.«

»Wir müssen Bertha von der Vorstellung abbringen, in Morgan's Crossing gäbe es Villen und elegante, wenn auch schmutzige, Wohnheime«, erklärte Darcy ironisch. »Und wir müssen entscheiden, was wir ihr raten sollen. Worauf alles hinausläuft, ist doch Folgendes: Vertrauen wir der *neuen* Prudence?«

»Ich glaube, sie ist ehrlich«, sagte Lina langsam. »Ich denke, wir können davon ausgehen, dass sie manchmal die alte Prudence ist und manchmal die neue. Wenn wir Bertha vorwarnen, ist sie darauf gefasst.«

»Naja ...« Darcy durchdachte alle möglichen Folgen. »Wenn man bedenkt, dass Bertha bereit war, einen Fremden zu heiraten, dann ist das eigentlich schlimmer, als eine Stelle bei den Morgans anzunehmen. »Bei der Arbeit gibt es kein ›bis dass der Tod uns scheidet‹, und wenn Bertha nicht glücklich ist, kann sie jederzeit wieder gehen. Wir sagen ihr, dass sie zu einer von uns kommen kann.«

Linas entschiedenes Kopfnicken ließ die schwarzen

Korkenzieherlocken um ihr Gesicht herum auf und ab wippen. »Mit ihren Kochkünsten und ihrem gutmütigen Charakter wird sie im Handumdrehen verheiratet sein. Dafür sorgen wir schon.« Sie sah sich forschend um. »Innerhalb von einem Umkreis von einhundert Fuß sehe ich zehn Männer, die noch zu haben sind.«

»Es könnte passieren, dass Bertha aufgrund der Winterstürme in Morgan's Crossing festsitzt«, warnte Darcy.

»Früher oder später kommt der Frühling«, sagte Lina pragmatisch. »Wir werden sie nur warnen, dass sie genug Essen und Vorräte mitbringen soll. Ich war so dankbar für die Lebensmittel, die ich von Zuhause mitgebracht hatte, und doch waren die Vorräte in Windeseile aufgebraucht. Zu guter Letzt wünschte ich, ich hätte noch einen Koffer voll mitgebracht. Nein, *zwei* Koffer voll.«

»Und viel warme Kleidung, vielleicht auch Bettbezüge«, fügte Darcy hinzu. Diese Gänsedaunenbetten, die sie in ihrer Familie benutzen, wie sie uns erzählt hat.«

»Sieh es positiv!« Lina lächelte sie schelmisch an. »Ein harter Winter bedeutet wahrscheinlich, dass Prudence sich zu Hause einkesselt und Berthas Wohnheim fernbleibt.«

»Sie sollte Bücher mitbringen«, bemerkte Darcy und verfiel in den Ton, in dem sie gern zitierte. »›Sicher kennt jedermann die himmlischen Freuden, die im Winter ein warmer Kamin gewährt, die brennenden Kerzen um vier Uhr nachmittags, warme Kaminvorleger, Tee, ein nettes Wesen, das den Tee bereitet, geschlossene Fensterläden, herabgelassene Vorhänge, die in schweren Falten zu Boden fallen, während Wind und Regen draußen rasen.‹« Sie kehrte zu ihrer normalen Stimme zurück. »Der Autor Thomas de Quincey hat Bücher nicht erwähnt, und ich dachte immer, das sei, weil er zu viel Opium im Körper hatte, als er das geschrieben hat. Schließlich heißt das Buch *»Bekenntnisse eines englischen Opiumessers«.* Wahrscheinlich wollte

Thomas sich eigentlich dichterisch über Bücher äußern und hat es dann schlichtweg vergessen.«

Lina brach in herzliches Gelächter aus. Ihre Augen funkelten. »Typisch, Darcy Walker. Du und deine Bücher und Zitate!«

»Bücher sind wichtig. Solange sie etwas Spannendes zu lesen hat, wird Bertha wunderbar zurechtkommen.«

*Hoffe ich.*

# Kapitel Vier

Bertha bemerkte einen jungen Mann einige Sitzreihen vor ihr auf der anderen Seite des Eisenbahnwaggons. Weder hatte er sich Essen mitgebracht, noch hatte sie gesehen, dass er sich welches auf den Bahnhöfen gekauft hätte. Seine schäbige, geflickte Kleidung ließ sie vermuten, dass er kein Geld hatte. Da sie es nicht ertragen konnte, mitanzusehen, wie jemand hungerte, packte Bertha ein dickes Sandwich und ein halbes Dutzend Kekse aus dem Korb, den sie mitgebracht hatte, zusammen. Beim nächsten Halt nahm sie ihren ganzen Mut zusammen und ging zu dem jungen Mann, um ihm das Päckchen in die Hände zu drücken.

Mit großen Augen bedankte er sich stammelnd.

Sie lächelte und eilte zu ihrem Platz zurück. Stehen zu bleiben und sich zu unterhalten, wäre für beide unangenehm gewesen, auch wenn sie gern gewusst hätte, wohin er fuhr und was er bei seiner Ankunft vorhatte. Sie hoffte, jemand würde ihn erwarten – und ernähren.

Geschaukelt vom rüttelnden Zug schlief Bertha ein, und wachte erst dann abrupt auf, als sie eine sanfte Berührung an der Schulter spürte. Sie blinzelte und schaute zum Schaffner auf. »Oh, hallo.«

Der korpulente Mann, der in seiner schwarz-grünen

Uniform sehr förmlich wirkte, nickte in Richtung des Fensters. »Ihr Halt kommt bald, Miss. Bereiten Sie sich vor.«

»Danke«, murmelte sie und richtete sich im Sitz auf. Sie schaute auf die Uhr, die an ihrem Mantel festgesteckt war – ein Abschiedsgeschenk von ihren Eltern – und war erleichtert zu sehen, dass der Zug pünktlich war.

Er nickte und ging den Gang weiter.

Berthas Magen zog sich zusammen, als sie aus dem Fenster blickte und keine Anzeichen einer Stadt sah – nur die goldene Herbstsonne senkte sich über das trockene Gras der Prärie.

Vom Schlafen mit dem Kopf in der Ecke hatte sie einen steifen Nacken bekommen. Bertha hob die Hand, zog zwei lange Hutnadeln heraus und legte sie sich auf den Schoß. Sie zupfte sich den kleinen blauen Strohhut vom Kopf und wedelte damit hin und her, um die Asche und den Staub von der Reise abzuschütteln. Sie bewegte die Schultern und rollte mit dem Kopf, um den Knoten zu lösen, und rieb sich das Haupt an der Stelle, wo die Nadeln den Hut an ihrem Haar festgesteckt hatten.

Am an anderen Ende des Ganges beobachtete ein Mann mit schmalem Gesicht, eingerahmt von buschigen Koteletten, und zurückgelegtem, dünner werdendem Haar, ihre Drehbewegungen. Er beugte sich vor und versuchte, ihre Aufmerksamkeit zu erhaschen.

Verlegen wandte sie den Blick ab. Wie schon so oft seit ihrer Abreise aus St. Louis hielt Bertha die Augen gesenkt, um dem Mann, oder irgendjemand anderem, keinen Vorwand zu liefern, sie anzusprechen. Glücklicherweise waren während ihrer gesamten Reise auch weibliche Passagiere im Zug gewesen, sodass sie sich nie unbeaufsichtigt gefühlt hatte. Im Moment saßen zwei Damen, die wie Schwestern aussahen, zwei Sitze hinter ihr, und ein junges Ehepaar reiste im vorderen Teil des Waggons.

Sie glättete sich das Haar und steckte den Hut fest, bevor sie nach dem Picknickkorb mit doppelten Tragegriffen auf dem Nachbarplatz langte und ihn sich auf den Schoß stellte. Trotz der Mahlzeiten, die sie auf der Reise verzehrt hatte, war der Korb immer noch schwer. In ihm befanden sich drei Arten von Hartwurst, vier Äpfel und das Weckglas, in dem ursprünglich Apfelsaft gewesen war und das sie mit Wasser aufgefüllt hatte, nachdem sie ihn ausgetrunken hatte. Darüber hinaus hatte sie noch ein Laib Roggenmischbrot und zwei Dutzend Lebkuchen, die sie in einer runden Keksdose aufbewahrte.

Dank Rose und Mutti, die beide den Korb mit Dosen und mit Päckchen in Wachspapier vollgestopft hatten, war sie mit genügend Lebensmitteln unterwegs, um den gesamten Waggon zu ernähren. Nicht, dass sie so etwas getan hätte – selbstverständlich nicht! Schließlich hätte sie dafür anfangen müssen, sich mit den Mitreisenden zu unterhalten.

Zehn Minuten später rückte die Stadt ins Blickfeld. Sie sah genauso aus, wie Lina es in einem ihrer ersten Briefe beschrieben hatte. Bertha lehnte sich zum Fenster und erhaschte einen Blick auf eine weiße Kirche mit einem Turm und auf einige Gebäude mit hölzernen Scheinfassaden, dann kam der Zug stotternd zum Stillstand.

Glücklicherweise konnte Bertha sich eines besseren Ausblicks erfreuen, weil sie, anders als Lina bei ihrer Ankunft, nicht durch sintflutartigen Regen hindurchschauen musste. Ihr Herzschlag folgte dem Rattern der Räder, das noch in ihrem Kopf nachhallte. Ihr Magen zog sich zusammen und sie wünschte, sie hätte eine Stunde zuvor nicht ihr letztes Springerle verzehrt.

Auf der Plattform sah sie Trudy Flanigan, in blauem Kleid und Hut. Wie Bertha war auch Trudy Deutsche mit blondem Haar und blauen Augen. Ihre Freundin beklagte sich darüber, dass ihre Taille im Korsett nicht an die modischen achtzehn Zoll herankam, doch trotzdem sah sie im Vergleich zu Berthas stämmiger Figur wie ein Strich in der Landschaft aus.

Trudy stand neben einem dunkelhaarigen Herren, der wohl ihr Ehemann sein musste, und suchte mit ihrem Blick die Fenster des Zuges ab. In ihrem letzten Telegramm hatte Prudence gesagt, das Paar würde sie abholen und nach Morgan's Crossing fahren.

Nachdem sie tagelang nur Fremde gesehen hatte, machte ihr Herz einen Sprung beim Anblick des bekannten Gesichts. Bertha lehnte sich ans Fenster und winkte.

Trudys Miene erhellte sich. Enthusiastisch winkte sie zurück, packte ihren Mann am Arm und zerrte ihn praktisch zur Tür des Eisenbahnwaggons.

Bertha umklammerte die Tragegriffe des Korbs fester und war überrascht über Trudys Aufregung, denn schließlich hatten sich die beiden gar nicht so gut gekannt. Nach nur zwei Wochen in der Brautagentur hatte Mrs Seymour Trudy ins Montana-Territorium geschickt, damit sie Mrs Seth Flanigan wurde. *Natürlich haben wir uns geschrieben.* Die Anspannung in ihrem Magen löste sich und wurde ersetzt von einem Gefühl der Dankbarkeit für Trudys Freundschaft.

Sie lief den Gang entlang, nickte dem jungen Mann zum Abschied zu und kletterte schwerfällig die Stufen hinab. Kaum hatte ihr Fuß den Bahnsteig berührt, da griff Seth auch schon nach ihrem Korb und dem Handkoffer.

Trudy warf Bertha die Arme um den Hals. »Ich bin so froh, dass du hier bist«, rief sie und drückte sie.

So liebevoll die Familie Bucholtz auch war, körperliche Zuneigung zeigte sie selten. Bertha hatte wenig Erfahrung mit Umarmungen – obwohl sie vor ihrer Abreise von jedem erwachsenen Mitglied ihrer Familie eine bekommen hatte. Es war ihr zwar unangenehm, von Trudy in den Arm genommen zu werden, doch sie wollte nicht unhöflich sein – und da sie wirklich erfreut war, ihre Freundin wiederzusehen, umarmte Bertha sie ebenfalls und genoss die warmherzige Begrüßung.

Trudy ließ Bertha los und legte eine Hand auf den Arm ihres Gatten. »Das hier ist mein lieber Seth, von dem du so viel gehört hast.«

Seth, der noch immer ihr Gepäck in der Hand hielt, wackelte mit den Augenbrauen. »Nur Gutes natürlich.«

Bertha hob den Kopf, um ihm ins Gesicht zu sehen. Seine grauen Augen mit einer schwarzen Linie um die Iris herum blickten energisch, doch wenn er scherzte, wirkte er gutaussehend und nahbar. »Ich möchte Sie als weitere Frau der ›Agentur Versandbräute des Westens‹ in Sweetwater Springs willkommen heißen. Wie schade, dass Sie nicht in der Stadt bleiben.«

Bertha lächelte schüchtern und nickte. »Guten Tag, Mr Flanigan.«

Trudy hakte sich bei Bertha unter. »Wir sind hier in Sweetwater Springs nicht so förmlich. Unter Freunden duzen wir uns. Nenn ihn ruhig Seth.«

Hinter ihnen ertönten mehrmals dumpfe Aufschläge. Sie drehten sich um und sahen, wie ein paar Männer Berthas drei Koffer und ein Dutzend große Holzkisten ausluden.

Seth schüttelte den Kopf. »Es sieht ganz danach aus, dass du genauso viele Kisten und Koffer mitgebracht hast wie meine Frau.«

Bertha hatte davon gehört, dass Trudy fast mit dem gesamten Hausrat ihres Vaters auf Reisen gegangen war. »Ich habe mein Klavier zu Hause gelassen«, erklärte sie todernst.

Seth warf ihr – offensichtlich überrascht über ihren Sinn für Humor – einen Blick zu und grinste. »Das hast du gut gemacht. Ganz gleich, ob du eine Freundin meiner Frau bist oder nicht – nichts und niemand kann mich dazu bewegen, ein Klavier nach Morgan's Crossing zu schleppen. Wenn Michael Morgan sich in seiner Bergbaustadt ein Piano wünscht, dann muss er es selbst liefern lassen.«

»So wie ich Prudence kenne«, sagte Trudy säuerlich, »vermute ich, dass er das schon sehr bald machen wird.«

Bertha warf Trudy einen besorgten Blick zu.

Trudy hob den Kopf. »Ich sollte mich zurückhalten. In zwei Tagen sind wir in Morgan's Crossing und ich kann mir diese neue Prudence mit eigenen Augen ansehen. Und natürlich auch ihren Mann, der angeblich auch eine angenehmere Person ist, als wir zunächst geglaubt haben. Bis dahin fällt es mir schwer, Darcy und Lina zu glauben, dass Prudence sich verändert hat – und sogar die beiden haben Zweifel daran.«

*Ich auch?*

Trudy warf Bertha einen Blick zu. »Bist du sicher, dass es die richtige Entscheidung ist, in Morgan's Crossing zu arbeiten? Bei uns in Sweetwater Springs mangelt es nicht an ledigen Männern. Ich denke, wir können im Handumdrehen einen Gatten für dich finden.«

»Dein Vorschlag klingt durchaus verlockend.« Falls Prudence sich doch nicht gewandelt hatte, dann, so wusste Bertha, würde sie der tobsüchtigen Frau nicht gewachsen sein. Doch sie wollte nicht den leichtesten Ausweg nehmen – zumindest noch nicht. »Kann ich gegebenenfalls auf dein Angebot zurückkommen? Ich möchte die Sache wirklich versuchen. Ich denke, ich bin gut darin, ein Wohnheim zu leiten und für die Minenarbeiter zu kochen.«

»Dann soll es so sein. Aber vergiss nicht, dass du dich zu uns flüchten kannst, falls es nötig ist.«

Seth, der zuschaute, wie Berthas Hab und Gut ausgeladen wurde, entfuhr ein erleichtertes Seufzen. »Auf meinem Wagen, zusammen mit dem von El Davis, sollte alles Platz finden.« Er deutete auf eine einfache offene

Kutsche, die an der Treppe geparkt war. »Das ist unsere. Bei der Flut von Telegrammen, die zwischen Morgan's Crossing, St. Louis und Sweetwater Springs hin und hergeschickt wurden, habe ich mir schon gedacht, dass du Vorräte für das Wohnheim mitbringen würdest.«

Trudy lachte. »Armer Seth«, sagte sie zu Bertha. »Ich bin mit so Vielem angekommen und habe ihn noch nicht einmal darüber informiert. Ich weiß nicht, was ich mir dabei gedacht habe. Aber er hat alles bewältigt.«

»So habe ich das nicht in Erinnerung«, murmelte er.

Trudy fuhr fort, als hätte er nichts gesagt. »Und Seth hat auch Jonah bei der Organisation von Linas Ankunft geholfen«, erklärte sie und klang stolz.

Obwohl Seth angesichts des Lobs seiner Frau geschmeichelt aussah, antwortete er nicht, sondern schaute Bertha nur an. »Wir nehmen deine Koffer mit und der Fuhrmann kann den Rest direkt zum Wohnheim bringen. Er kommt etwa anderthalb Tage später an als wir, momentan ist er auf dem Weg von Morgan's Crossing hierher. Seit ihrer Ankunft hat Prudence ihn damit auf Trab gehalten, all ihre bestellten Einkäufe zu liefern.«

»Einfach alles hierlassen?« Bertha gefiel diese Vorstellung nicht. Die Morgans hatten ihr die Mittel für die Vorräte anvertraut. »Was ist, wenn das Gepäck gestohlen wird?«

Seth lächelte freundlich. »Diese Stadt ist nicht wie St. Louis. Alles wird gut gehen. Der Bahnhofsvorsteher behält deine Kisten im Auge.« Er schaute zur Straße. »Da ist der Stallbursche von der Pferdestation. Er hilft uns.«

Bertha drehte sich um und sah einen Mann im Arbeitsanzug, der auf sie zukam.

Seth hievte den Korb und den Handkoffer hoch. »Ich stelle das in den Wagen. Der Stallbursche von der Pferdestation wird mir helfen, deine Koffer einzuladen und die Kisten in das Bahnhofsgebäude zu stellen.«

Trudy zog Bertha zum Wagen. »Ich erzähle dir vom Plan für heute Abend. Ich bin mir sicher, du sehnst dich nach einem Bad.«

*Ja.* Bertha nickte entschieden.

Die Frauen stiegen die Stufen zur Straße hinab und begaben sich auf eine Seite des Wagens.

»Eigentlich wollten die Walkers und die Barretts dich auch abholen. Dann wurde Darcy bewusst, dass du dich von all den Männern überfordert fühlen und sie lieber einen nach dem anderen kennen lernen würdest.«

Bertha errötete aus Scham darüber, dass ihrer Freundinnen das Gefühl hatten, Rücksicht auf ihre Schüchternheit nehmen zu müssen. »Es ist nicht nötig, dass ihr euch solche Umstände macht«, sagte sie eilig.

»Kein Problem.« Trudy tätschelte Berthas Arm. »Darcys Plan ist wirklich gut. Sie und Lina wohnen an einer Straße, die nach Morgan's Crossing führt. Es ist zwar nicht die Hauptroute, aber es macht keinen Sinn, dass sie den ganzen Weg bis hierher fahren und dann wieder zurück.

»Oh.« Bertha fühlte sich wohler mit der Gewissheit, niemandem Umstände bereitet zu haben.

»Zuerst fahren wir zu Gid und Darcy. Sie möchte, dass du ihr neues Haus siehst. Sie haben eine *himmlische* Wanne im Freien, in der Nähe einer heißen Quelle und eines Bachs, in der man herrlich baden kann. Ich kann mich noch gut daran erinnern, wie sehr ich mich bei meiner Ankunft hier nach einem Bad gesehnt habe. Die Begegnung mit Seths winziger Zinnwanne war ein ganz schöner Schock.« Sie formte einen Kreis mit den Armen und grinste. »Nicht viel größer als so.«

»Draußen?«, entfuhr es Bertha. *Oh nein! Draußen bade ich ganz bestimmt nicht! Aber in eine Badewanne in der Größe von Trudys passe ich auch nicht.* Sie fragte sich, ob sie sich von nun an damit abfinden musste, sich nur mit dem Schwamm zu waschen.

Trudys Lächeln wirkte verständnisvoll. »Das Außenbecken ist ganz privat. Selbst ich habe es benutzt. Nachdem das Haus niedergebrannt ist, sind Seth und ich, so oft es ging, zu ihnen gefahren, um beim Wiederaufbau zu helfen. Darcy hat auf ein Badezimmer in ihrem neuen Heim bestanden, doch das ist noch nicht fertig, und deshalb nutzen sie jetzt ein Klohäuschen und die Wanne, die Gid aus einem Fels im Bach angefertigt hat.«

Bertha war immer noch nicht davon überzeugt, so öffentlich zu baden. »In ihren Briefen hat Darcy die Kreativität ihres Mannes gelobt. Ich freue mich darauf, seine Arbeiten zu sehen«, erklärte sie taktvoll und lenkte so vom Thema des Außenbeckens ab.

Seth gesellte sich zu ihnen und deutete auf den Wagensitz, der mit mehreren Decken gepolstert war.

Trudy legte ihre Hand in seine, hob ihren Rock mit der anderen und stieg auf. Sie rutschte in die Mitte der Sitzbank und strich ihr Kleid glatt.

Bertha begutachtete die Höhe des Sitzes und langte an ihre Uhr, um daran zu fummeln. Sie konnte sich nicht entsinnen, wann sie zum letzten Mal in einem Wagen gefahren war. Vielleicht noch nie. Sie war es gewohnt, die Straßenbahn zu nehmen oder zu laufen, und der Surrey ihres Vaters war nicht so hoch. Sie verkrampfte sich bei der Vorstellung, wie lächerlich sie aussehen würde, wenn sie sich ungeschickt auf den Sitz manövrierte. *Wird es auf der Bank überhaupt genug Platz für uns drei geben?*

Seth streckte eine Hand aus.

Bertha holte tief Luft. *Es gibt keinen Ausweg.* Sie warf Seth einen entschuldigenden Blick zu und hob das Kinn in Trudys Richtung. »Ich bin es nicht gewohnt ... Ich meine, ich ...« Sie konnte ihm nicht sagen, dass sie vielleicht zu schwer war.

Trudy beugte sich zu Bertha hinab. »Lass dir von Seth behilflich sein.«

Der mitfühlende Tonfall ihrer Freundin machte Bertha nur noch verlegener. Sie legte ihre Hand in die von Seth und stellte den Fuß auf die Trittstufe. Mit dem Gefühl, dick und plump zu sein, hievte sie sich hoch. Einen Moment lang schwankte sie und spürte, wie Seth alle Kraft zusammennahm, um sie aufrecht zu halten. Sie hatte die fürchterliche Vorstellung, auf den Mann zu fallen und ihn wie einen Käfer zu zerquetschen. *Trudy wird es mir nie verzeihen, wenn ich ihren Ehemann vernichte.*

Trudy umklammerte mit einer Hand das andere Ende der Sitzbank, die andere streckte sie aus. »Halt dich fest«, befahl sie.

Bertha griff nach der Hand ihrer Freundin. Dank Trudy, die sie stützte, und Seth, der sie von hinten anstieß, gelang es ihr, sich auf den Sitz zu stemmen. Zitternd und keuchend – eher vor Scham als vor Anstrengung – ließ sie sich gegen die Lehne fallen.

»Na also, wir haben es doch geschafft«, sagte Trudy fröhlich.

*Offensichtlich versucht sie, mich aufzumuntern.* »Und wir müssen es immer wieder machen«, sagte Bertha niedergeschlagen und wedelte mit der Hand, um ihre glühenden Wangen zu kühlen. »Ich glaube, ich bleibe am besten gleich für immer hier oben.«

»Ich verspreche dir, dass es einfacher wird.« Trudy sprach, als würden ihre Worte sich auf mehr beziehen als nur auf das Klettern auf eine Wagenbank. »Warte einfach ab. Bald findest du deinen Rhythmus.«

Bertha war nicht überzeugt.

»Vielleicht kannst du reiten lernen.«

»Oh nein!« *Wahrscheinlich würde ich der armen Kreatur wehtun.* Bertha konnte nur erahnen, was für eine Witzfigur sie beim Besteigen des Pferdes abgeben würde. *Zumindest hat sich der Wagen nicht bewegt, als ich aufgestiegen bin. Pferde haben keine*

53

*Bremsen.* Als Kind hatten ihre Schulkameraden und manchmal sogar ihre Geschwister sie genug wegen ihres Gewichts gehänselt. Als Erwachsene würde sie sich gewiss nicht zum Gespött machen.

Seth kam auf die andere Seite, kletterte hinauf, lockerte die Zügel und löste die Bremse. Er machte einen Schnalzlaut und ließ die Zügel schnellen. Das Gespann setzte sich in Bewegung.

»Schade, dass Lina und Jonah nicht zum Abendessen kommen«, sagte Trudy. »Sie sind mit Adam bei der Familie seiner Mutter zu Besuch und wollen herausfinden, ob die Indianer denken, dass dieser Winter so hart wird, wie wir vermuten und dir geschrieben haben. Aber sie treffen sich in Morgan's Crossing mit uns.«

Erleichtert darüber, nicht länger das Gesprächsthema zu sein, faltete Bertha ihre Hände auf dem Schoß. »Ich war mir nicht sicher, ob ich euch alle sehen würde. In einem Telegramm hat Prudence einen Fuhrmann erwähnt ... Wie werden diese Männer doch gleich genannt? Ach ja, ein *Maultiertreiber* würde mich nach Morgan's Crossing fahren.« Ihr schauerte es beim Gedanken daran. »Danke, dass ihr mir das erspart habt!«

Seth beugte sich nach vorn. »Es wäre gar nicht so schlimm gewesen. El Davis ist ein guter Mensch. Genauso harmlos und schüchtern wie du. Er geht noch nicht einmal in den Saloon.«

»Heute Abend übernachten wir bei Gid und Darcy«, wechselte Trudy das Thema. »Im Erdgeschoss haben sie ein Gästezimmer, das hoffentlich irgendwann ein Kinderzimmer sein wird. Das Haus hat einen zweistöckigen Turm und sie haben ein Bett in den Räumen im Obergeschoss. Eine ganze Wand im Turmzimmer ist voller Bücherregale. Und unten steht noch ein Bücherschrank.«

»Das hört sich goldrichtig für Darcy an.«

»Jetzt, wo ihr Halbbruder Holden im Gefängnis ist und sie über ihr Vermögen verfügt, hat Darcy all ihre Bücher aus dem Osten anliefern lassen.« Trudys Stimme nahm einen ironischen Unterton an. »Für ihre Besuche zu Hause in New York lässt sie Kopien für ihre Bibliothek anfertigen. Sie haben geplant, im späten Frühjahr oder im Sommer hinzufahren.«

Eines der Wagenräder geriet in eine Spurrille, sodass Berthas Körper wabbelte. Sie warf verstohlen einen Blick zur Seite, um zu prüfen, ob es jemand bemerkt hatte, und verschränkte dann die Arme vor der Brust.

Sie kamen an einem zweistöckigen Gebäude mit verblichener grüner Fassade vorbei.

Bertha schaute sich das Haus interessiert an und bemerkte, dass es ein Saloon war. Durch das große Glasfenster hindurch sah sie Männer, die sich vorbeugten und sie anstarrten. Sie wandte den Blick ab und entdeckte eine zierliche Frau und ihren halbwüchsigen Sohn, die sie von der anderen Straßenseite beobachteten.

Sie senkte das Kinn, um den neugierigen Blicken auszuweichen. Im geschäftigen St. Louis fiel sie nicht so auf. Wenn sie zur Kirche oder zum Markt ging, war sie den Leuten selten einen zweiten Blick wert. Doch hier erkannten offensichtlich alle, dass sie ein Neuankömmling und somit ein außergewöhnlicher Anblick war.

Sie beschloss, den Blick geradeaus zu richten und sich auf das Gespräch mit Trudy zu konzentrieren. Die Entscheidung fiel ihr nicht schwer, denn ihre Freundin begann, ihr in allen Einzelheiten von ihrem Leben zu berichten, seit sie in Sweetwater Springs angekommen war – und sie hatte jede Menge zu erzählen.

Schon bald fühlte Bertha sich mit Trudy genauso wohl, als wäre sie eine ihrer Schwestern, und mit ihrer Freundin konnte sie sich sogar noch leichter unterhalten. Sie lauschte allem, was Bertha sagte, ohne sie zu unterbrechen, lockte sie aus der Reserve und ermutigte sie dazu, etwas genauer auszuführen, wenn sie in kurzen Sätzen sprach. Obwohl die beiden in der Agentur nicht viel miteinander zu tun gehabt hatten, redeten und redeten sie nun ununterbrochen, während sie aus der Stadt hinaus durch das freie Land fuhren und dann eine Waldstraße einschlugen.

Die stundenlange Fahrt verging viel schneller und angenehmer als Bertha vermutet hatte, auch wenn sich ihr Gesäß langsam taub anfühlte. Schließlich lenkte Seth das Gefährt vor eine Bank voller Holzkisten, die an beiden Seiten isoliert waren, und durch ein Schindelspitzdach geschützt wurden. Die Fläche auf der linken Seite der Bank war abgeholzt, damit Wagen dort einfacher wenden konnten.

Trudy lächelte Bertha an. »Nur noch fünfzehn Minuten.«

*Gott sei Dank!* Sie konnte es nicht erwarten, die harte Wagenbank zu verlassen – selbst wenn es bedeutete, dass sie die gefährliche Reise zum Boden auf sich nehmen musste.

Der dichte Wald, in dem sich schon die ersten Herbstfarben andeuteten, umschloss sie und schnitt den Himmel ab. Für Bertha hatten Wälder eher etwas Geheimnisvolles an sich als etwas Bedrohliches.

Trudy zeigte mit der Hand nach vorn. »Das hier war früher nur ein Pfad. Aber als Gid das Haus wieder aufbauen musste, brauchte er eine Straße, auf der er Holz und Baumaterial transportieren konnte und so konnten Helfer, die mit dem Wagen kamen, nah ans Gebäude heranfahren. Also haben wir ihn verbreitert«, erklärte sie in einem Ton, als ginge es um ihr Eigentum und als hätte sie selbst die Axt geschwungen.

Seth bremste das Gespann und manövrierte es durch ein Spalier aus zwei Bäumen, an deren Zweige sich Acker-Winden rankten. Ein Kolibri erhob sich von einer alleinstehenden Trompetenblume, die noch immer in ganzer

Pracht blühte. Um Haaresbreite kamen die Wagenräder zwischen den beiden Stämmen hindurch.

Im Wald tat sich eine Lichtung auf. Die Pferdehufe klapperten auf dem Boden aus Steinplatten und Bertha erhaschte einen ersten Blick auf Gideons und Darcys Haus.

Ihr einstöckiges Heim hatte eine Blockhausfassade. Bleiglasfenster, eingerahmt von grünen Fensterläden, glänzten im Sonnenlicht. Die bogenförmige Tür stand offen. Ein quadratischer Turm schmückte eine Seite des Gebäudes. Unbepflanzte Blumenbeete mit Steinrand umgaben das Haus.

Bertha klatschte in die Hände und seufzte glücklich. »Genauso malerisch, wie ich es mir vorgestellt hatte – es ist tatsächlich ein Märchenhaus. Ich bin sicher, im Sommer ist dieser Ort mit all den bunten Blüten in den Töpfen und Blumenkästen bezaubernd.«

Seth hielt vor dem Eingang und zog die Bremse.

»Ich hatte nicht die Möglichkeit, Gids ursprüngliches Haus zu sehen.« Trudy beugte sich vor und zeigte auf die hölzernen Giftpilze mit rotem Kopf und weißen Stielen, die in einem Blumenbeet emporragten. »So viele von Gids wunderlichen Kreationen sind im Feuer verbrannt. Du denkst dir wahrscheinlich, bei allem, was er zu tun hatte, war das sicher eines der letzten Dinge, die er hätte erneuern müssen. Doch er und Darcy sträubten sich dagegen zuzulassen, dass ihr Halbbruder den Zauber zerstörte. Obwohl Gid nur Zeit für die Anfertigung einiger weniger Stücke hatte, sind die einfach wunderschön.«

Bertha entdeckte eine geschnitzte Fee mit Flügeln in den Farben eines Monarchfalters, die auf einer an einem Baumzweig hängenden Miniaturschaukel saß. Der Anblick erinnerte sie an die deutschen Volksmärchen, die sie ihr ganzes Leben lang gehört hatte, an den verwunschenen Schwarzwald, an das *Erdmännlein* in ihrem Koffer – das

Wichtelmännchen, ein Abschiedsgeschenk von ihrem Opa, das ihr Glück bringen sollte. »Ich denke, Gids und Darcys Entscheidung, den Zauber zu bewahren, war richtig«, erklärte sie mit einem Gefühl der Gewissheit. Alles andere wird mit der Zeit kommen.« *Ich hoffe, ich lebe noch in der Gegend und kann sehen, wie es hier aussieht, wenn alles fertig ist.*

Darcy öffnete schwungvoll die Tür und eilte hinaus. Auf den Lippen trug sie das strahlendste Lächeln, das Bertha je an ihr gesehen hatte. Sie war schlank wie immer, das braune Haar wie zufällig hochgesteckt, und über ihrem grauen Kleid trug sie eine Schürze. »Bertha!«, rief sie winkend und lief auf den Wagen zu.

Bertha musste einfach lächeln. Da sie in einer wohlhabenden Familie mit jeder Menge Bediensteten aufgewachsen war, hatte Darcy vor ihrem Aufenthalt in der Brautagentur noch nie eine Schürze getragen. Anders als die meisten Frauen, die ganz selbstverständlich die Schürze abnahmen, wenn Besuch kam, hatte sie in ihrer Aufregung womöglich nicht einmal bemerkt, dass sie sie noch immer um die Hüften gebunden hatte.

»Endlich!«, rief Darcy.

Bertha wollte aus dem Wagen klettern und sie begrüßen, doch ohne Seths Hilfe traute sie sich nicht.

Darcy streckte die Hand nach Bertha aus. »Ich kann nicht glauben, dass du wirklich hier bist! Ich liege schon seit einer Stunde auf der Lauer. Willkommen in meinem Heim.«

Lächelnd ergriff Bertha Darcys Hand und drückte sie. »Ich kann es auch nicht glauben.«

Seth band die Zügel fest. »Bertha, rühr dich nicht vom Fleck und warte, bis ich bei dir bin, um dir zu helfen!«

Der Befehl war vollkommen überflüssig.

Darcy ließ Bertha los und trat zurück.

»Jetzt, Bertha«, sagte Seth belehrend und nahm ihre Hand. »Gehe beim Auftreten ein wenig in die Knie!«

Sie schickte ein Gebet um Gleichgewicht und Anmut zum Himmel. Der liebe Gott musste sie gehört haben, denn das Absteigen vom Wagen war nicht einmal halb so schwierig wie sie befürchtet hatte. Als ihre Füße den Boden berührt hatten, stieß Bertha einen erleichterten Seufzer aus und wandte sich Darcy zu, die sie prompt in die Arme schloss.

»Ach, du meine Güte«, rief Bertha überrascht aus und erwiderte die Umarmung. Trotz ihrer Freundlichkeit hatte sie als Frau aus der Oberschicht immer den Eindruck von Zurückhaltung vermittelt. Sie tätschelte Darcys Rücken. *Heute bekomme ich wohl mein Maß an Umarmungen!*

Darcy richtete sich wieder auf. Sie lächelte Trudy an, der Seth beim Aussteigen behilflich war, und schaute dann zurück zu Bertha. »Wer hätte gedacht, dass es uns alle ins Montana-Territorium verschlägt?«

Seth neigte den Kopf in Richtung des weiter seitlich stehenden Gebäudes. Wie das Haupthaus hatte es eine Blockhausfassade mit grünen Läden auf beiden Seiten des Fensters. »Ich wette, Gid ist in seiner Werkstatt. Ich gehe ihn holen, damit er mir beim Ausladen und mit den Pferden hilft.«

»Danke, mein lieber Seth.« Darcy hakte sich bei Bertha unter und wandte sich dem Haus zu. »Na, was meinst du?«

»Ich glaube, deine Hütte gehört in den verwunschenen Schwarzwald«, sagte Bertha, während sie sich das Haus anschaute.

Trudy hakte sich an Berthas anderem Arm ein. »Wie recht du hast.«

Bei ihren zwei Freundinnen untergehakt, fühlte Bertha einen nie gekannten Kameradschaftsgeist in sich aufsteigen. »Hänsel und Gretel müssen gleich hier um die Ecke sein.«

Darcy lachte. »Solange ich nicht die böse Hexe bin, die sie aufessen will.«

»Oh nein! Du bist eine gute Hexe«, sagte Bertha ernst. »Oder vielleicht eine gute Fee.«

»Die Menschen in Sweetwater Springs und die Umgebung hier – das ist der wahre Zauber. Und so unscheinbar und nichtssagend die Stadt auch wirken mag, die Einwohner ...«, sagte Darcy mit verträumtem Blick, als würde sie zurückblicken. »Nach dem Brand sind die Leute – die meisten davon waren uns fremd – von überall her gekommen, um uns beim Wiederaufbau zu helfen. Wir konnten nach nur *drei* Wochen ins Haus einziehen.«

Bertha schauderte. »Ich kann mir kaum vorstellen, wie entsetzlich es gewesen sein muss – euer Leben in Gefahr, euer Haus in Flammen ...«

»Ich habe immer noch Albträume«, erklärte Darcy grimmig. »Gideon und ich haben dem Tod ins Auge geschaut. Wäre ich allein gewesen, hätte mein Halbbruder mich ermordet.«

Bertha schaute auf und sah die Furcht im Blick ihrer Freundin. Nichts, nicht einmal Prudence in ihren schlimmsten Momenten, hatte Darcy aus der Ruhe gebracht. Sie schüttelte ihre ineinander verhakten Arme. »Daran *darfst* du nicht denken! Über Vergangenes nachsinnen, das nicht eingetreten ist, kann nicht guttun. Du musst dich auf das konzentrieren, was *real* ist. Du und dein Mann, ihr seid wohlauf. Du hast erfahren, wie sich die Menschen um euch versammelt haben, um euch zu helfen. Sprich ein Dankesgebet zu *Gott im Himmel*.« Da sie so überzeugt war und unbedingt Trost spenden wollte, rutschte sie ins Deutsche.

»Worte der Weisheit, Bertha«, sagte Trudy und versetzte ihr einen Stoß gegen den Arm.

»Oh, ich *bin* dankbar.« Darcy klang wieder mehr wie sie selbst. »Ich danke dem Herrn jeden Tag. Wahrscheinlich *zehn* Mal am Tag. Vielleicht noch öfter.«

Um Darcys Gedanken von dem Feuer abzuwenden, deutete Bertha mit dem Kopf zum Haus. »Du musst mich herumführen. Ich kann es gar nicht erwarten, alles zu sehen. Und danach ...«, mit einem neckischen Lächeln machte sie eine dramatische Pause und schaute von einer Freundin zur anderen, »erzähle ich euch von dem Tag, an dem Prudence in der Küche mit einem Blech voller Brötchen geworfen hat.«

Mrs Morgans jüngstes Projekt war es, den Versammlungssaal rechtzeitig zur Ankunft einiger ihrer Freundinnen zu renovieren. Nie zuvor hatten sich die Frauen in Morgan's Crossing zusammengeschlossen, um die Stadt so zu säubern, wie sie es sich scheinbar jetzt – unter Leitung der First Lady – felsenfest vorgenommen hatten.

Wie ein General, der seine Truppe befehligt, organisierte Mrs Morgan die Frauen und Howie. Sofort nach dem Frühstück fand er sich auf einer Leiter wieder und schwang einen mit einem Lappen umwickelten Besen, um die Spinngewebe von der Decke zu entfernen. Während er mit dem Besen hantierte, beobachtete er, wie sich die Frauen, mit Eimern und Lappen ausgerüstet, den großen Raum vornahmen, wobei jede von ihnen einen Teil der Wand abwischte.

Mrs Morgan war der Typ von General, der Verantwortung übernahm. Sie arbeitete genauso hart wie jede ihrer Soldatinnen. Howie vermutete, dass die Unionsarmee mit ihr am Kommando den Bürgerkrieg in wenigen Monaten gewonnen hätte. Obwohl er generell nicht zu fantasiereichem Denken veranlagt war, konnte er – angesichts der Tatsache, dass Pa in der Schlacht von Gettysburg getötet worden war – nicht anders, als sich zu fragen, wie anders sein Leben wohl verlaufen wäre, wenn sein Vater heimgekehrt wäre, statt auf dem Feld irgendeines Bauern beerdigt zu werden.

So hoch oben auf der Leiter zu stehen, war fast genauso gut als hätte er sich in Dunkelheit gehüllt, denn die Frauen schienen vergessen zu haben, dass er da war und so bekam er die Gelegenheit, ihren Unterhaltungen zu lauschen. Die Frauen plapperten und lachten während der Arbeit und amüsierten sich, während sie gleichzeitig jede Menge erledigten.

Howie verspürte eine merkwürdige Faszination für Mrs Morgan, da er nie eine Dame wie sie gesehen hatte. Allerdings hatte er im Laufe seines Lebens auch nicht zu vielen Frauen Kontakt gehabt. Er war in einem Waisenheim für Jungen aufgewachsen, nachdem seine Großmutter verstorben war. Sobald er dann groß genug für Männerarbeit war, war er davongelaufen, hatte Gelegenheitsjobs angenommen und sich aufgemacht in Richtung Westen und Norden. Er war Cowboy und Minenarbeiter in Orten gewesen, in denen weit und breit keine Frau zu sehen war. Zu guter Letzt war er Michael Morgan über den Weg gelaufen und in einer Stadt voller Männer und mit weniger als zehn Frauen gelandet.

Nachdem Howie mit der Decke fertig war, begann er, lose Holzdielen festzunageln. Dann, als die Frauen den Boden schrubbten, ging er nach draußen, um fehlende Schindeln auf dem Dach zu ersetzen, bevor er ein neues Fenster einbaute. Dann strich er das gesamte Interieur in einem blassen Salbeigrün an.

Zu seinem Erstaunen bemerkte Howie, dass es ihm nichts ausmachte, für die Damen zu arbeiten, auch wenn sie sehr eigen waren, wenn es darum ging, was sie von ihm wollten. Ihm gefiel ihre offensichtliche Freude am Renovieren des Versammlungssaals und es verschaffte ihm eine gewisse Befriedigung, bei ihnen Anklang zu finden. Darüber hinaus überhäuften sie ihn mit Essen. Er konnte sich nicht beklagen.

Endlich war der Versammlungssaal so sauber wie noch

nie und Mrs Morgan schickte sie alle nach Hause. Sie sammelten ihre Wischlappen, Besen und Eimer mit Scheuerbürsten und Putztüchern zusammen und verabschiedeten sich müde.

Mrs Morgan ging gemeinsam mit Howie zurück nach Hause. Er trug zwei Eimer voller Reinigungsausrüstung, sie hielt einen Besen in der Hand.

»Ich bin mir nicht sicher, ob meine Freundinnen morgen oder übermorgen ankommen. Ich nehme an, alles hängt davon ab, wie gut sie vorankommen.«

»Die Straße dürfte trocken sein. Das kommt ihnen zugute.«

»Wenn wir zu Hause eintreffen, wären Sie dann so freundlich, mir die Badewanne nach oben in mein Zimmer zu bringen, während ich Wasser aufsetze?«

»Ich könnte ein paar Eimer nach oben bringen, um die Wanne schon einmal ein wenig zu füllen«, bot er an.

»Danke. Das heiße Wasser gebe ich selbst hinzu.« Sie seufzte. »Was würde ich nicht für ein zivilisiertes Badezimmer geben!«

Howie schwieg, zum einen aus Gewohnheit, zum anderen, weil er keine Ahnung hatte, was ein zivilisiertes Badezimmer war.

»Ich erwarte, dass Sie und Mr Morgan morgen das Badehaus nutzen.«

»Ich?«, entfuhr es ihm, fassungslos darüber, dass sie ihm so etwas nahe gelegt hatte. Er hatte nicht geplant, die neue Einrichtung morgen vor dem Fest auszuprobieren.

»Natürlich. Sie müssen mit Mr Morgan und mir im Salon unseres Hauses sitzen, wenn die Gäste eintreffen.«

Er wollte keinesfalls in die Nähe des Salons geraten. Nachdem El Davis mit seinem überdimensionierten Wagen voller neuer Einrichtungsgegenstände aus einem Katalog vor dem Haus gehalten hatte, half Howie dem Fuhrmann und

Mr Morgan beim Ausladen. Dann musste er Betten montieren und Mrs Morgan bei der Herrichtung des Salons behilflich sein.

Er schien die Möbel dutzende Male verschoben zu haben, bis die Frau schließlich mit der Position zufrieden war. Nach einer zweiten Fahrt nach Sweetwater Springs kehrte El mit noch mehr Möbeln zurück, aber auch mit Artikeln für das Geschäft, sodass immer mehr Dinge die Treppe des Hauses herauf- und hinabgeschleppt werden mussten – manchmal zweimal. *Vielleicht warte ich draußen auf der Veranda.*

»Es ist wichtig, dass Sie hier beim Ausladen und mit dem Rest helfen. Insbesondere möchte ich Ihnen Miss Bucholtz vorstellen.«

Bei der Vorstellung fühlte er sich unwohl. »Warum das, Ma'am?«, fragte er freiheraus.

Mrs Morgan zögerte. »Das behalten Sie aber schön für sich!«

»Ja, Ma'am.«

Ihr entfuhr ein erschöpftes Seufzen. »Ich habe Miss Bucholtz herbestellt, damit sie Mr Gabellini ablöst.«

Howie stellte sich eine alte Jungfer mit dem gleichen befehlerischen Wesen wie Mrs Morgan vor – eine echte Schreckschraube. *Das wird explosiv.*

»Sind Sie sicher, dass eine Frau die richtige, ähm, *Person* für diese Tätigkeit ist?«

»Bertha Bucholtz gehört zu den besten Köchinnen, die ich kenne. Ich lege meine Hand dafür ins Feuer, dass ihr Männer heute in einem Monat alle fünf Pfund mehr auf die Waage bringt.«

*Das hört sich gut an.*

»Ich erwarte von Ihnen, dass Sie ihr beim Einstieg helfen – so wie Sie es schon im Laden und im Versammlungssaal getan haben.«

Vor nicht allzu langer Zeit hatten Howie und die Damen den Betriebsladen vom Staub und Schmutz vieler Jahre befreit. Das bedeutete auch, dass jeder einzelne dort zum Verkauf stehende Artikel entstaubt oder gewaschen werden musste. Er konnte sich ausmalen, dass das Wohnheim die gleiche Generalüberholung benötigte. »Das kann ich tun.«

»Und helfen Sie dabei, alles im Auge zu behalten. Insbesondere behalten Sie bitte die Männer im Auge. Selbstverständlich hat Mr Morgan geplant, mit ihnen ein ernstes Wörtchen über ihr Benehmen zu reden und ihnen klarzumachen, dass sie schwer bestraft werden, sollten sie sich irgendwelche Freiheiten mit Miss Bucholtz erlauben.«

»Ich passe auf.«

»Die Sache ist so ... Ich habe bemerkt, dass Sie eine ruhige, respektvolle Art haben, Howie – und genau die braucht Miss Bucholtz.«

Das Kompliment löste Unbehagen in ihm aus. Er war es nicht gerade gewohnt, dass man ihm freundliche Worte entgegenbrachte.

»Sehen Sie, Miss Bucholtz ist schüchtern.«

*So viel zu meiner Vorstellung einer Schreckschraube. Eine schüchterne Frau, die ein Wohnheim für Bergmänner leitet?*

»Aber ich habe gesehen, dass sie auftaut, wenn sie sich für andere erwärmt.« Mrs Morgan warf Howie einen Blick von der Seite zu. »Sie ist Ihnen nicht unähnlich.«

Howie war nicht bewusst, dass er sich je für jemanden erwärmte.

»Wir waren beide Versandbräute in der Agentur, auch wenn sie keinen Ehemann gefunden hat. Ich ... nun, ich habe Miss Bucholtz nicht immer nett behandelt. Wenn ich ehrlich bin, habe ich sie eigentlich *nie* freundlich behandelt.« Sie ließ die Schultern sacken und hörte auf zu sprechen.

Howie vermutete, er sollte etwas sagen, wusste jedoch nicht

genau was. »Ich nehme an, Sie haben die Chance, noch einmal von vorn zu beginnen«, äußerte er sich vorsichtig.

»Ich glaube, das habe ich getan«, sagte sie langsam. »Hoffentlich«, erklärte sie und hob die Schultern, »wird Miss Bucholtz dank dieses Stellenangebots der gleichen Meinung sein.« Sie richtete sich auf und legte einen Schritt zu.

In dieser einen Unterhaltung hatte Howie gerade mehr mit einer Frau gesprochen als im ganzen letzten Jahr zusammen. Doch er war noch nicht ganz fertig. »Machen Sie sich keine Sorgen, Mrs Morgan. Ich kümmere mich gut um Ihre Miss Bucholtz.«

Sobald die Worte ausgesprochen waren, fragte Howie sich, wozu er sich da bloß bereiterklärt hatte.

# Kapitel Fünf

Bertha hatte noch nie ein Essen mehr genossen als dieses mit ihren beiden Freundinnen und deren Ehemännern. Weiße Wachskerzen in silbernen Kerzenständern warfen ein strahlendes Licht auf den Tisch und eine seidig glänzende geschnitzte Anrichte, die neben der Küche stand und zum Wohnzimmer hin geöffnet war. Bertha saß Seth gegenüber neben Trudy. Gid und Darcy hatten am Kopf- und Fußende des Tisches Platz genommen.

Ein herrliches, wohliges Gefühl umgab sie. Darcy hatte Bertha dazu überredet, ein Bad im Freien zu nehmen, was sich tatsächlich als so wundervoll herausgestellt hatte, wie Trudy versprochen hatte. Ihr Haar war fast trocken und sie hatte sich gerade frische Kleidung angezogen, da war das Abendessen fertig.

Die meiste Zeit über hatte Darcy Bertha den Zutritt zur Küche verweigert und erklärt, sie habe die Absicht, mit ihren häuslichen Fähigkeiten zu prahlen und unter Beweis zu stellen, dass sie sich die Kochstunden in der Agentur zu Herzen genommen hatte. Zum Essen schlemmten sie Brathähnchen, Stampfkartoffeln mit Soße und die eingelegte rote Bete, deren Zubereitung ihr Bertha beigebracht hatte, gefolgt von Huckleberry-Pie aus den Schwarzbeeren, die Lina gepflückt hatte.

Darcy unterhielt alle mit der Geschichte des unglückseligen Hähnchens auf ihren Tellern. Sie erzählte Bertha, dass Trudy von einer schwierigen Frau in der Stadt Hühner gekauft und dann einige zu Lina gebracht hatte, die dieses Hähnchen wiederum Darcy gegeben hatte, damit sie es für Bertha zubereiten konnte.

Sie beschrieb, wie ungeschickt sie das Hähnchen – erst das zweite, das sie je zubereitet hatte – geschlachtet, gerupft und für das Essen bratfertig gemacht hatte. Wie alle Bräute der Agentur hatte Darcy den Hähnchen-Test bestehen müssen, um zu beweisen, dass sie in der Lage war, ein lebendiges, frei auf dem Hof herumlaufendes Vogeltier erfolgreich auf den Tisch zu bringen. Sowohl Prudence als auch Darcy mussten jede Menge lernen, bevor sie den Test überhaupt antreten konnten.

Ihre Freundinnen ließen sie an ihrem Leben teilhaben und erzählten häufig Geschichten, mit denen sie liebevoll ihre Gatten aufzogen. Für Paare, die erst seit wenigen Monaten vermählt waren, hatten sie bereits ein reiches Repertoire an Anekdoten. Bertha tat vom vielen Lachen schon der Bauch weh und sie genoss die Liebe und den Kameradschaftsgeist der Gruppe.

Bertha schaute sich am Tisch um und musterte insbesondere die Männer – die Gatten, die ihre Freundinnen in blindem Vertrauen gewählt hatten und in die sie sich später heftig verliebt hatten. Sie war zufrieden zu sehen, dass jeder ihren Erwartungen entsprach, die sie aufgrund des Briefwechsels mit den Frauen entwickelt hatte.

Der sanfte Gid, mit dichtem silberblondem Haar und einem genauso kantigen und interessantem Gesicht,wie es auch seine Frau hatte, strahlte Gelassenheit aus. Seine Vorliebe dafür, Darcys Zitate zu übertreffen, brachte sie alle zum Lachen.

Seth mit seinen faszinierenden grauen Augen war der markantere der beiden Männer. Obwohl er offensichtlich jemand war, der genau wusste, was er wollte, ließ er Trudy, die sich wie eine Glucke mit ihren vier Küken verhielt, die Führung in der Gruppe übernehmen.

Doch als der Abend voranschritt, legte sich ein hauchdünner Schleier der Unzufriedenheit über Berthas positive Gefühle. Plötzlich vom langen Tag ermüdet, schaute sie irgendwann auf die Uhr.

Offensichtlich hatte Seth ihren Blick bemerkt. Er beugte sich nach vorn. »Wir haben beschlossen, dass es das Beste ist, wenn wir im Morgengrauen aufbrechen. Also sollten wir bald zu Bett gehen. Wenn wir den ganzen Tag lang fahren und gut vorankommen, könnten wir Morgan's Crossing kurz nach Einbruch der Dunkelheit erreichen. Der Mond ist nur eine Sichel, also möchte ich nicht zu weit von der Stadt entfernt auf der Strecke bleiben.«

Als Bertha zur leiterähnlichen Treppe blickte, bemerkte sie ein kleines Fenster seitlich am Kamin aus Flussstein. *Ist das Buntglas?* Im Dunkeln konnte sie das nicht erkennen.

Gid folgte ihrem Blick. »Ursprünglich hatte ich zwei Buntglasfenster. Ein Freund von mir hat sie angefertigt. Nach dem Brand habe ich ihm geschrieben und einen Ersatz für die Scheiben, die ich verloren hatte, in Auftrag gegeben. Er hat mir die beiden kleinen zurückgeschickt, hat mir aber auch die Anweisung gegeben, Platz für ein größeres Fenster zu schaffen, sodass er einige seiner moderneren Motive zur Schau stellen kann. Das kommt in das leere Turmfenster, das jetzt von Fensterläden bedeckt ist.«

»Ich liebe all deine wunderlichen Kreaturen«, offenbarte Bertha ihm. »Aber ich sehe, dass Du noch ein *Erdmännlein* – einen Gartenzwerg – benötigst. Du musst unbedingt einen anfertigen, denn er wird euer Haus beschützen und euch Glück bringen.«

Seine Augen leuchteten vor Spannung. »Kannst du mir diese Gartenzwerge beschreiben? Ich glaube nicht, dass ich je Bilder von ihnen gesehen habe.«

»Ich weiß etwas Besseres. Ich komme sofort zurück.« Bertha stand auf, eilte ins untere Schlafzimmer, öffnete einen ihrer Koffer und schob die Laken darin beiseite, um die bemalte Tonfigur zu finden. Sie lächelte den Gartenzwerg an, der etwa ein Viertel Meter groß war. Er hatte ein kluges, faltiges Gesicht, einen weißen Bart und eine rote Zipfelmütze. Das *Erdmännlein* trug ein blaues Hemd, braune Kniebundhosen und einen schwarzen Gürtel mit silberner Schnalle. In der Hand hielt er eine Schaufel.

Plötzlich vermisste sie ihren *Opa* schmerzlich und sie erinnerte sich daran, wie er sie immer in die Wangen gekniffen und ihr eine Süßigkeit zugesteckt hatte – dünne, runde Schokolade in Goldfolie, die aussah, wie ein Taler, oder schwarze Lakritze, die die Form eines Diamanten hatte. *Bald schreibe ich ihm und erzähle ihm, dass ich stolz sein Erdmännlein vorgezeigt habe. Er wird sich freuen.*

Zurück im Wohnzimmer, reichte sie Gid die Figur. »Das ist ein Gartenzwerg. Du musst ihn mit Blick auf das Haus aufstellen.«

Gid erforschte das *Erdmännlein* von jedem Winkel aus, bevor er es Darcy reichte. »Bestimmt kann ich so einen schnitzen und bemalen.«

»Die rote Mütze und der weiße Bart sind Tradition«, klärte Bertha ihn auf. »Er kann verschiedene Gartenwerkzeuge halten ... im Grunde genommen alles. Falls du eine Gemahlin für ihn anfertigst, muss sie ein eintöniges, ganz schlichtes Kleid tragen.«

Der Gartenzwerg wurde um den Tisch gereicht und jeder nahm sich die Zeit, die Figur zu bestaunen, bis er schließlich in ihre Hände zurückkehrte. Als sie das Erdmännlein hielt, verwandelten sich Berthas vage Unzufriedenheit und ihre unbestimmte Sehnsucht der letzten Jahre in eine glasklare Gewissheit: Sie wünschte sich das, was Darcy, Lina und Trudy hatten – einen liebevollen Ehemann, irgendwann Kinder, eine Bestimmung ... sie schaute sich im bezaubernden Haus um – und *mein eigenes Heim.*

Howie wusste nicht, wie lange er es noch ertragen konnte, in seinen besten Kleidern – einem Anzug, der bessere Zeiten gesehen hatte – im Salon der Morgans zu warten. Er zappelte herum und ab und zu kehrte sein Blick zu den dunklen Fenstern zurück, die mit rosaroten Samtvorhängen verschleiert waren.

Die Morgans saßen an beiden Enden des Sofas und beugten sich über die integrierten Tische, die von Lampen beleuchtet wurden, sodass sie lesen konnten. Mrs Morgan war in ein Buch vertieft, Mr Morgan las die Zeitung.

Howie hätte seinen Geist auf dieselbe Weise beschäftigen können, doch er war zu nervös und aufgeregt, weil heute die Flanigans, die Walkers, und vor allem, Miss Bucholtzs ankommen sollten. Auch die Barretts würden heute Abend bei ihnen auftauchen, allerdings getrennt von den anderen, da sie aus dem Indianerreservat kamen. Er hoffte, es würde ihm gelingen, das Gepäck von allen unterzubringen und sicherzustellen, dass die schüchterne Miss Bucholtz sich wohlfühlte.

Als sie das Geräusch von Wagenrädern und Pferdehufen vernahm, ließ Mrs Morgan ihr Buch neben sich auf das Couchkissen sinken und eilte zum Fenster, um nach draußen zu lugen – auch wenn Howie bezweifelte, dass sie in der Dunkelheit viel sehen konnte. »Sie sind da!«

*Gott sei Dank.*

Mrs Morgan griff zu ihrem Schal, der an einem Haken

neben der Tür hing. »Beeilung, meine Herren!« Sie riss die Flügeltüren auf, eilte durch den Vorraum hinaus auf die Veranda.

Michael, der von seiner Frau ebenfalls in einen Anzug gesteckt worden war, stand auf. Mit einem Kopfnicken zu Howie, der sich nicht vom Fleck gerührt hatte, warf er ihm einen Blick zu, der sagte: »Du hast die Dame doch gehört!«

*Ja, Sir.* Er erhob sich und folgte seinem Boss aus dem Haus.

Mr Morgan hatte mit einer späten Ankunft gerechnet und daher zwei Laternen an der Decke der Veranda hängen gelassen. Der Mond, der kaum mehr als eine Sichel war, bot nur einen spärlichen Lichtschimmer. Doch in jedem der Wagen hielt einer eine Laterne.

Howie blieb in einer dunklen Ecke der Veranda stehen. *Zwei Wagen.* Wie sollte er wissen, in welchem Miss Bucholtz war, die er im Auge zu behalten versprochen hatte? Dann sah er, dass im vorderen Wagen zwei Damen neben einem Mann saßen. Wenn die Frau in der Mitte neben ihrem Ehemann saß, so folgerte er, dann musste die Frau außen, mit der Laterne auf dem Schoß, die neue Köchin sein. Er begab sich in ihre Richtung.

Bevor er angekommen war, half der Fahrer der Frau in der Mitte dabei, seitlich vom Wagen abzusteigen.

»Trudy!«, rief Mrs Morgan und eilte zu ihrer Freundin, um sie zu umarmen.

Bestärkt in seinem Glauben, dass es sich um die richtige Frau handelte, blieb Howie neben Miss Bucholtz stehen und erkannte, dass seine Vorstellung von einer hageren, alten Frau vollkommen falsch war. Im Glanz des Laternenlichtes konnte er sehen, dass sie jung war – womöglich noch nicht einmal so alt wie Mrs Morgan. Ihr nach hinten gebundenes, volles blondes Haar unterstrich ihr hübsches rundes Gesicht.

Plötzlich verunsichert, hätte Howie am liebsten den Schutz der Dunkelheit gesucht, doch er widerstand dem Impuls.

Er hatte versprochen, sich um diese Frau zu kümmern.

Miss Bucholtz hob die Laterne, sodass ihr Gesicht besser zu sehen war.

Im flackernden Licht erkannte er die Angst in ihren Augen und verlor, aus dem Wunsch heraus, für ihr Wohlergehen zu sorgen, jegliche Verschlossenheit. »Miss Bucholtz?«

Sie nickte.

»Ich bin Howie Brungar«, sagte er mit der beruhigenden Stimme, die er normalerweise bei scheuen Pferden einsetzte. »Ich arbeite für die Morgans. Geben Sie mir die.« Er griff zu ihrer Laterne.

Sie trat ihm das Licht ab.

Er stellte die Laterne seitlich auf den Boden, richtete sich auf und bot ihr die Hand an.

Sie zögerte und biss sich auf die Unterlippe.

*Ist sie zu schüchtern, um sich beim Aussteigen helfen zu lassen? Stimmt irgendetwas anderes nicht?* Howie fragte sich, ob er sich zurückziehen sollte. *Vielleicht fühlt sie sich wohler, wenn Mr Flanigan oder Mr Walker ihr helfen, die kennt sie schließlich besser.* Doch er wollte derjenige sein, dem sie vertraute – nicht nur, weil er derjenige war, der auf sie aufpassen sollte, sondern auch aus einem anderen Grund, den er nicht genau deuten konnte. »Bei mir sind Sie in Sicherheit.« Er ließ seine Hand, wo sie war. »Nun kommen Sie schon«, drängte er in der Hoffnung, ihr Vertrauen zu erlangen.

Miss Bucholtz drehte sich, um ihm entgegenzusehen und hinauszuklettern. Sie gab ihm die Hand. Als ihr Fuß nach der Stufe suchte, ließ sie sich von etwas ablenken und schaute zur Seite. Dabei verschätzte sie sich und geriet aus dem Gleichgewicht. Mit einem Schrei fiel sie auf ihn hinunter.

Howie fing sie auf und stemmte sich gegen ihren schweren Körper. Ihr voller Busen presste gegen seine Brust. Er achtete darauf, dass er sie sicher hielt und hob sie dann behutsam zu Boden, wobei es ihn erregte, ihre Rundungen an seiner

Vorderseite herabgleiten zu spüren. Er ließ sie nicht gleich los, denn seine Arme schienen ein Eigenleben entwickelt zu haben und schlossen sich um ihre weiblichen Formen.

Die Zeit schien stillzustehen, denn Howie fühlte sich, als hätte er sie schon immer in den Armen gehalten, auch wenn er vermutete, dass der ganze Vorfall viel weniger als eine Minute gedauert hatte. »Stehen Sie sicher, Miss Bucholtz?« Er hoffte, die Antwort würde nein sein, sodass er einen Vorwand hatte, um ihre Umarmung in die Länge zu ziehen.

Sie nickte und wandte den Blick ab.

Doch zuvor sah er einen Ausdruck der Scham auf ihrem Gesicht. Als Gentleman blieb ihm keine andere Wahl, als sie loszulassen, auch wenn er den primitiven Drang verspürte, zu brüllen und sie in seine Höhle zu entführen.

Erschüttert über sein plötzliches Verlangen trat er zurück und ließ eine Hand sinken, während er die andere nutzte, um doppelt sicherzugehen, dass sie wirklich fest auf den Beinen stand. Selbst durch ihren Mantel hindurch konnte er die Rundung ihres Armes spüren, die ihm die Unterschiede zwischen ihnen bewusst machte: Mann und Frau – hart und weich.

»Es tut mir leid«, flüsterte sie und schaute, offensichtlich immer noch peinlich berührt, zu Boden.

Eine Welle männlicher Energie verlieh ihm unerwarteten Mut und brachte ihn dazu, ihr Kinn mit einem Finger anzuheben, sodass sie sich in die Augen schauen konnten. »Es braucht Ihnen nicht leid zu tun, Schätzchen«, sagte er mit seinem besten Cowboy-Akzent. »Denn *mir* tut es das ganz bestimmt nicht. Ein Mann wie ich bekommt nicht jeden Tag die Gelegenheit, solch einer hübschen Frau behilflich zu sein. Sollten Sie jemals wieder Hilfe beim Ein- oder Aussteigen brauchen, rufen Sie einfach nach mir«, sagte er scherzhaft. »Ich komme sofort.« *In der Hoffnung, dass du wieder in meine Arme fällst.*

Während er ihr Zuversicht gab, fragte Howie sich, welcher Fremde da von ihm Besitz ergriffen hatte. Doch er konnte einfach keine Antwort finden, besonders als er sah, dass sein unverschämtes Anbändeln die Verlegenheit aus ihrem Gesicht vertrieben hatte und ein schüchternes Lächeln auf ihre Lippen gezaubert hatte, als sie zu ihm aufsah.

Er nahm die Hand von ihrem Arm und machte einen Schritt zurück, um die Morgans zu ihr treten zu lassen.

Glücklich über die Dunkelheit und in der Hoffnung, sein Körper würde rasch wieder abkühlen, eilte Howie zum hinteren Teil des Wagens, um mit dem Ausladen zu beginnen. Doch mit sich trug er die Erinnerung an Berthas Lächeln und das verlockende Gefühl ihres Körpers in seinen Armen.

# Kapitel Sechs

Im Halbdunkel des Morgengrauens schlich Bertha leise die Treppe im Haus der Morgans herunter, um das Frühstück für alle zuzubereiten. Sie fühlte sie sich überraschend frisch, wenn man bedachte, dass sie am gestrigen Tage eine lange Reise hatte, die ihren krönenden Abschluss mit der Landung in Howie Brungars Armen gefunden hatte. Irgendwie war es ihm gelungen, den erniedrigenden Vorfall in eine romantische Begegnung umzumünzen, sodass der beißende Schmerz der Beschämung von ihr gewichen war.

Bertha hoffte, sie würde ihn heute sehen und fragte sich, wie er wohl im Tageslicht aussehen mochte. Am letzten Abend, als sie auf der Wagenbank gesessen hatte, war sie zu zerstreut gewesen, als dass sie sein Äußeres zur Kenntnis genommen hatte – nur, dass er groß und schlank war. Doch das Gefühl seiner starken Arme um ihren Körper hatte sich für immer und ewig in ihr Gedächtnis gebrannt. Sie fragte sich, ob er sich je noch einmal mit ihr unterhalten, mit ihr *anbändeln* würde, und ob sie den Mut zum Antworten finden würde.

Sie sendete ein Gebet zum Himmel. *Bitte, lieber Gott, mach, dass ich keinen Knoten in der Zunge habe, wenn er in der Nähe ist!*

Unten angekommen, ging sie auf das Esszimmer zu und

freute sich darauf, in Prudences ruhiger Küche mit all ihrer neuen Ausstattung zu arbeiten. Doch sie sah Lampenlicht durch die offene Küchentür dringen, hörte, wie sich jemand bewegte und schloss daraus, dass offenbar eine der anderen Damen schon wach war, wahrscheinlich Trudy oder Lina oder vielleicht beide.

Bertha freute sich darauf, Lina zu treffen. Wegen der späten Ankunft der Barretts hatten die beiden Freundinnen kaum die Möglichkeit gehabt, sich zu unterhalten, bevor sie zu Bett gegangen waren.

Da sie wusste, dass es ihr Spaß machen würde, mit ihren Freundinnen zu kochen, legte Bertha einen Schritt zu und bereitete sich darauf vor, ein »Guten Morgen« in den Raum zu werfen. Doch dann sah sie Prudence, die ein Blech voller Brötchen aus dem neuen schwarzen Gussofen zog.

Bestürzt blieb Bertha an der Türschwelle stehen. Nicht sicher, ob sie eintreten oder sich zurückziehen sollte, verharrte sie.

Die Küche war groß und luftig und führte zu einer Veranda hinter dem Haus. Ein längliches Spülbecken stand in der Mitte eines Tresens, der sich über die gesamte Außenwand erstreckte und oben und unten mit Schränken versehen war. Ein rechteckiger weißer Tisch, mit einem Stuhl auf jeder Seite, nahm die Mitte des Raumes ein. An der Innenwand befanden sich ein Küchenschrank und eine Eiskiste.

Bertha räusperte sich.

Prudence schaute auf und lächelte. »Guten Morgen, Bertha!« Sie trug ein einfaches, blau-braun gestreiftes Kleid mit einer Schürze darüber – das absolute Gegenteil von ihrer sonstigen so feinen Kleidung.

Obwohl Bertha am letzten Abend gesehen hatte, dass sich die Frau den anderen gegenüber außerordentlich freundlich benommen hatte, überraschte sie diese Begrüßung doch.

Früher hatte Prudence sie am Morgen demonstrativ ignoriert, es sei denn, Mrs Seymour war dabei. Eigentlich hatte sie vor dem Frühstück alle ignoriert – abgesehen von ihren boshaften Kommentaren, die sie über die anderen Bräute machte oder an diese richtete.

*»Gude Morje.«* In ihrem Schreck sprach sie automatisch Alemannisch, dann zuckte sie zusammen und wartete auf die Kritik ihres Gegenübers, die mit Sicherheit auf sie niederprasseln würde.

Prudence lächelte erneut und stellte das Blech auf einem gehäkelten, blau-schwarz gestreiften Topflappen auf dem Tresen ab. »Ich dachte, ich mache schon einmal das Frühstück.« »Naja ...« Sie zögerte. »Eigentlich wollte ich sehen, was du von meinen Brötchen hältst.«

*Oh nein!* Bertha fragte sich, ob sie sich irgendwie aus dem Raum schleichen konnte. Sie hatte nicht die Absicht, dabei zu sein, wenn Prudence das Blech durch die Luft warf – so wie bei dem Wutanfall in der Agentur, als ihr Gebäck nicht das beste gewesen war. Sie stellte sich vor, wie sie von dem glühenden Metall getroffen wurde.

*Und leider gibt es keine Mrs Seymour, die Prudence im Zaum hält.* Plötzlich von der Angst gepackt, schaute Bertha sich um und spielte mit ihrer Schürze. Da Prudence nun mit dem Besitzer der ganzen Stadt vermählt war, gab es niemanden mehr, der sie für ihr Verhalten zur Rechenschaft zog. *Vielleicht war es ein riesiger Fehler, herzukommen.*

Prudence schien Berthas Nervosität nicht zu bemerken. Sie griff zu einem Pfannenwender aus Holz und legte damit ein Brötchen auf einen kleinen Teller. Den Rest schaufelte sie geschickt in einen Brotkorb, der mit einer weißen Leinenserviette ausgekleidet war. Sie reichte Bertha den Teller. »Bitteschön!« Sie neigte den Kopf und deutete damit auf einen kleinen grauen Topf. »Da ist die Butter. Die wird von Mrs Tuccio hergestellt – die Einzige in der Stadt, die eine Kuh hat, auch wenn die Rancher in der Gegend ihre eigenen haben. Ich denke, die Butter wird dir ziemlich gut schmecken.«

Widerwillig nahm Bertha den Teller.

»Egal was passiert, ich werde nichts durch die Luft werfen«, sagte Prudence und verzog den Mund zu einem ironischen Lächeln. »Versprochen!«

*Du brauchst gar nichts durch die Luft zu werfen. Schließlich ist deine Zunge so scharf wie ein Messer. Du kannst mich einfach erstechen.* Doch Bertha hielt den Mund – sie wollte die freundliche Prudence nicht verärgern. *Schließlich arbeite ich jetzt für sie.*

Neben dem Butterfass lag ein Messer, das sie benutzte, um das Brötchen behutsam zu öffnen. Eine Dampfwolke stieg auf. Sie trennte die beiden Hälften voneinander und strich reichlich Butter darauf, um dann zu beobachten, wie der Aufstrich schmolz und im luftigen Teil versank. Zwar sah das Brötchen perfekt aus, doch das war auch bei Prudences letzten, wenig erfolgreichen Versuchen so gewesen.

Bertha wartete noch eine Minute in peinlichem Schweigen darauf, dass das Brot abkühlte und fühlte Schmetterlinge wie wild in ihrem Bauch tanzen. Sie wagte es nicht, Augenkontakt zu Prudence aufzunehmen, denn dann würde die Stille noch unangenehmer werden.

Schließlich setzte sie die beiden Hälften wieder zusammen. Als sie das Brötchen anhob, um abzubeißen, zitterte ihre Hand. Um sich besser auf den Geschmack zu konzentrieren, schloss sie die Augen. Beim Kauen prüfte Bertha Geschmack und Konsistenz. Sie schluckte und atmete erleichtert auf. Die Schmetterlinge in ihrem Bauch beruhigten sich und sie öffnete die Augen.

Prudence stand ihr mit ängstlicher Miene und gefalteten Händen in ganz verletzlicher Haltung gegenüber.

Nie hatte sie Prudence so wehrlos gesehen und in diesem Moment erkannte Bertha, dass sie ihre Erzfeindin genauso tief verletzen konnte, wie die Frau sie so oft verletzt hatte. Sie setzte zu einem weiteren Biss an – nicht, um Prudences Qual in die Länge zu ziehen, sondern weil sie einen Kloß im Hals hatte und kein Wort herausbrachte.

Dann wurde Bertha bewusst, dass sie auch nicht in der Lage sein würde zu essen. So ließ sie das Brötchen auf den Teller sinken und straffte die Schultern. Sie atmete so tief ein, wie es ihr Korsett zuließ und lächelte. »Das schmeckt wunderbar, Prudence.« Sie tippte auf ihr Brötchen. »Sogar noch besser als meine.«

Prudence bekam große Augen. »Wirklich? Das sagst du nicht nur, um mir zu schmeicheln?«

»Sie waren schon vorher gut«, sagte Bertha sanft. »Jetzt sind sie wirklich ausgezeichnet.«

»Ich habe versucht ...« Zitternd formten Prudences Lippen sich zu einem Lächeln. »Ich habe versucht, heute *so viel* Liebe hineinzustecken.« Tränen traten ihr in die Augen. Eine kullerte ihr über die Wange. »In der Agentur konnte ich diese fehlende Zutat nicht hinzugeben, weil ich keine Liebe zu geben hatte. Der einzige Mensch, der mich je geliebt hat, war meine große Schwester, und die ist gestorben, als ich zehn war.«

Vom Mitleid gerührt und mit von Tränen verschwommenem Blick spürte Bertha, wie ihr Körper von einer Welle der Dankbarkeit für ihre liebevolle Familie ergriffen wurde. Sie konnte es sich nicht einmal ansatzweise vorstellen, wie es sein musste, so einsam aufzuwachsen, wie die Frau es gerade beschrieben hatte.

*Prudences Geständnis erklärt so vieles. Ich kann sie jetzt besser verstehen.*

Eine zweite Träne lief Prudences Gesicht hinunter. »Seit meiner Ankunft in Morgan's Crossing habe ich ... habe ich mein Herz geöffnet.«

Mit roter Nase und roten Augen war Prudence sogar

noch hässlicher als normalerweise – und doch machte die Liebe sie zu einer schönen Frau.

Ein leises Schlurfen lenkte ihren Blick auf die Tür.

Michael beobachtete sie. Offensichtlich hatte er schon eine Weile dort gestanden und Prudences Geständnis mitangehört, denn während er seine Frau ansah, hatte er einen liebevollen Blick voller Zuneigung in seinem gutaussehenden Gesicht.

Prudence schlug die Hand vor den Mund und schluchzte.

»Oh, Pru.« Er machte drei große Schritte, nahm sie in die Arme und küsste sie auf den Kopf.

Beim Anblick der beiden zusammen kullerten Bertha die Tränen über die Wangen. Sie zog ein Taschentuch aus ihrem Ärmel und tupfte sich über die Augen.

Prudence hob den Kopf, schniefte und sah Bertha über Michaels Schulter hinweg an. Immer noch strömten Tränen über ihr Gesicht. »Ich war so ein schrecklicher Mensch dir gegenüber, Bertha. Naja ... eigentlich allen gegenüber, aber dir ganz besonders.«

Michael schaute von Prudence zu Bertha – nicht mit dem panischen, hilflosen Blick, den viele Männer haben, wenn ihre Frau weint, sondern voller Verständnis.

Sie wartete darauf, dass er etwas sagte, um seine Frau zu trösten, doch stattdessen hielt er den Blick auf Bertha gerichtet, als wollte er sie ermutigen.

*Er möchte, dass ich antworte. Er wird sich nicht einschalten.*

Sie schlug die Hände zusammen und sammelte ihren ganzen Mut zusammen, um die Wahrheit zu sagen. »Du hast mich wirklich verletzt, Prudence ... fast jeden Tag. Manchmal habe ich sogar geweint. Du hast mir Angst gemacht.« Während sie sprach, bemerkte Bertha, dass ihre Knie schlotterten.

Prudence nickte mehrmals. »Ich kann verstehen, dass du mir nicht vergeben kannst.«

»Das habe ich nicht gesagt«, korrigierte Bertha sie kopfschüttelnd. »Ich *kann* dir vergeben. Ich *vergebe* dir.« Sie lächelte. »Ich *vergebe* dir sogar mit Freude. Aber das heißt nicht, dass ich mich nicht vor dir in Acht nehme – eine Weile lang zumindest, vielleicht auch eine lange Weile.«

Prudence nickte. »Das erscheint mir durchaus gerechtfertigt.«

Bertha atmete auf, ohne gewusst zu haben, dass sie die Luft angehalten hatte. »Nun, ich muss zugeben, dass dein gemeines Verhalten in der Agentur auch etwas Gutes an sich hatte. Ich ...« Sie wandte den Blick ab und holte Luft, bevor sie Prudence wieder ansah. »So schüchtern, wie ich bin, hätte ich vielleicht keine Freundschaft mit den anderen Frauen geschlossen, zumindest nicht so schnell - wärst nicht du da gewesen. Deine Angriffe haben uns andere zusammengeschweißt. Sie haben mich beschützt und unterstützt. Ich war so dankbar, dass ich mich dazu verpflichtet fühlte, als Gegenleistung meine Freundschaft anzubieten, insbesondere, wenn es darum ging, den anderen dabei zu helfen, besser kochen und backen zu lernen. Je wohler ich mich im Beisein der anderen Bräute fühlte, desto tiefer wurde unsere Freundschaft.«

»Oh.« Prudence schnäuzte sich und brach erneut in Tränen aus.

Michael trat zurück und legte die Hände auf die Schultern seiner Frau. »Probieren wir diese Brötchen doch einmal«, sagte er heiter, offensichtlich, um die gespannte Atmosphäre zu lockern. Er küsste Prudence auf die Wange. »Ich habe gehört, dass die schrecklich viel Liebe enthalten«, neckte er sie. »Und ich bin ein hungriger Mann.«

Seine Frau lachte und wischte sich über die feuchten Wangen.

»Darf ich?« Michael zog ein großes Taschentuch aus seiner Tasche und tupfte behutsam ihr Gesicht ab.

Auch wenn Bertha kein Geräusch hörte, weckte irgendetwas im hinteren Teil der Küche ihre Aufmerksamkeit – dort stand eine stumme Figur regungslos auf der Veranda vor der halbgeöffneten Tür. *Howie Brungar.* Erneut erinnerte sie sich daran, wie sie sich am letzten Abend in seinen Armen gefühlt hatte, und sie die Gedanken an ihn in ihre Träume mitgenommen hatte. Ihre Wangen glühten, doch weder senkte sie die Augen, noch wandte sie den Blick ab.

Howie schaute Bertha an, als würde er wirklich sie sehen – nicht ihre Dickleibigkeit, sondern ihr Herz. Er lächelte und nickte wohlwollend, dann drehte er sich um und war verschwunden.

Sie schaute zum leeren Türrahmen und wünschte, er würde zurückkehren.

Bertha blieb während des gesamten Frühstücks stumm, da ihre Gedanken noch immer bei der Begegnung mit Prudence und dem Blickwechsel mit Howie Brungar waren. Bei der Erinnerung daran dachte sie wieder an die Stärke seiner Arme am Vorabend. Eine Hitzewelle strömte durch ihren Körper. Sie schaute zum Ofen, der mit kleinen blauen Quadratkacheln eingefasst war, und auf dessen Sims eine Auswahl von Prudences Blauweide-Porzellan stand, und wünschte, sie würde nicht so nah daran sitzen.

Die Männer am Tisch saßen zwischen den Frauen verstreut. Als Howie zum Frühstück ins Esszimmer trat, nahm er schräg gegenüber von Bertha am Tisch Platz, zwischen Darcy und Lina, die Adam auf dem Schoß hielt.

Von Zeit zu Zeit warf Bertha Howie einen verstohlenen Blick durch die Wimpern hindurch zu. Er musste um die dreißig sein und hatte ein nichtssagendes Äußeres – weder hübsch noch hässlich, sondern irgendwas dazwischen – mit zotteligem Haar und klugen blauen Augen. Ein paar Mal begegnete er ihrem Blick und ihre Körpertemperatur schoss in die Höhe.

Im Tageslicht, so urteilte sie, wirkte der Mann viel zu mager und hatte es dringend nötig, etwas zuzulegen – auch wenn er offenbar einen gesunden Appetit hatte, denn er schaufelte sein Essen – Rührei, Speck und *Flädle* mit Genuss in sich hinein. Er hatte sich dazu entschieden, die deutschen Pfannkuchen, Crêpes nicht unähnlich, nur mit Butter gerollt zu essen, statt die Schwarzbeer- oder Erdbeermarmelade dazuzugeben.

Die *Flädle* waren ein Erfolg bei allen. In der Agentur hatte sie nicht daran gedacht, ihren Freundinnen beizubringen, wie man sie zubereitete, und selbst Trudy hatte das Gericht trotz ihrer deutschen Wurzeln nicht gekannt.

An diesem Morgen hatte Bertha es genossen, den anderen Frauen zu zeigen, wie sie den Boden der Bratpfanne mit genau der richtigen Menge Teig füllen mussten – der Pfannkuchen sollte dünn sein, aber nicht so dünn, dass er beim Herausnehmen zerriss. Sie hatten alle Spaß daran gehabt, abwechselnd die drei Bratpfannen von Prudence zu benutzen, mit unterschiedlichen Ergebnissen – Darcy und Prudence erzielten dabei natürlich die schlechtesten. Doch die Männer schienen sich nichts aus den Klumpen, Rissen und unebenen Formen zu machen, denn zu guter Letzt aß jeder drei.

Michael legte die Gabel beiseite, faltete seine Serviette und platzierte sie neben dem Teller. »Danke, meine Damen. Ich kann mich nicht entsinnen, je ein besseres Frühstück gegessen zu haben. Ich habe fantastische Speisen von schicken neuen Tellern gegessen.« Er tippte auf den Rand des Blauweide-Tellers. »Nun gut, zwar von Prudences Großmutter, aber neu für mich.« Er hob die Teetasse, um auf Prudence anzustoßen. »Ich sitze an meinem neuen Esstisch meiner Braut gegenüber ...«

Sie senkte zur Antwort ihren Kopf.

»Ich lade Gäste in mein fast neues Haus ein.« Michael machte eine kreisförmige Bewegung mit der Hand. »Ich habe mein Fasten mit einem alten Freund gebrochen«, sagte er und nickte in Howies Richtung, »und auch mit neuen. Ich bin reich gesegnet.«

»»Ein edles Herz ist ein dankbares Herz, welches gern erkennt, wenn es Barmherzigkeit erlangt««, zitierte Gideon.

Bertha verbarg ein Lächeln angesichts der verwirrten Gesichter der anderen.

»Jeremiah Burroughs *Contentment, Prosperity, and God's Glory*.« Darcy tätschelte Gids Arm. »Sie werden noch sehen, dass mein Mann in die Literatur und in philosophische Zitate vernarrt ist«, klärte sie Howie auf.

Bertha konnte nicht widerstehen. »Er ist nicht der Einzige«, enthüllte sie und schaute Howie an. »Darcy hat uns immer mit ihren Zitaten verblüfft.« Sie richtete einen Blick in die Runde. »Wir sollten sie in den nächsten Tagen mal testen, um zu sehen, wer von beiden mehr weiß.«

Erst als sich Schweigen ausbreitete und alle sie anstarrten, wurde Bertha klar, wie natürlich sie gerade geantwortet hatte. Sie warf den anderen ein schelmisches Lächeln zu. »Ich kann *doch* sprechen«, informierte sie sie, als würde sie etwas bekanntgeben.

»Das können Sie tatsächlich«, murmelte Howie, der sie mit offensichtlicher Bewunderung ansah.

Bertha errötete vor Freude.

Darcy zeigte auf Lina und sich selbst. »*Wir* kennen das an dir. Aber ich bezweifle, dass die anderen wissen, wie sehr du deine Schüchternheit ablegst, wenn du dich wohl fühlst.«

Michael schaute Prudence mit gehobener Augenbraue an. »Ich nehme an, meine Frau hat für die Damen einen Plan für heute?«

»Für das Fest heute Abend kochen.« Mit gehobenen

Brauen schaute sie sich um. »Ich weiß, es ist fürchterlich, euch hier einzuladen und dann arbeiten zu lassen. Aber ich könnte die Hilfe von allen gut gebrauchen.«

*Oh, nein.* »Ein Fest?«, entfuhr es Bertha.

»Ein Willkommensfest für dich«, erklärte Prudence ihr. »Das hat noch niemand erwähnt, aus Angst, du könntest dich weigern, nach Morgan's Crossing zu kommen.«

Bertha starrte auf ihren Schoß. Sie konnte sich nichts vorstellen, was ihr weniger gefiel.

Prudence sah ihren Ausdruck und lachte − allerdings nicht auf die unsympathische Art wie sonst. »Ich ziehe dich nur ein wenig auf, liebe Bertha. Ich weiß, dass du es hassen würdest, der Grund für ein Fest zu sein. Das bist du zwar, aber das weiß niemand. Wir laden zu einem Erntefest ein.«

*Das hört sich nicht mehr so schlimm an.*

»Der Versammlungssaal ist bereits fertig, bis auf die Dekoration. Ich habe gedacht, vielleicht könnten wir einen Spaziergang machen, damit du dir die Stadt ansiehst und die anderen Frauen kennenlernst.« Sie richtete einen Blick in die Runde. »Wir können weiter raus gehen, um Blumen und Blätter zu sammeln. Dann müssen wir heimkehren und kochen. Auch alle Frauen aus der Stadt bereiten Speisen zu. Wir haben alle mit Vorräten versorgt, sodass niemand knausrig sein muss.«

»Aber was ist mit dem Wohnheim?«, protestierte Bertha.

Prudence stellte ihre Teetasse ab. »Ich möchte, dass wir einen Tag haben, an dem wir uns keine Gedanken darum machen müssen. Dem Koch die Stirn zu bieten und das Gebäude zu säubern und zu renovieren, wird nicht leicht. Ich empfehle, wir konzentrieren unsere Kräfte auf die Feier. Es reicht, wenn du morgen mit deiner neuen Arbeit beginnst.«

»Das sehe ich genauso«, erklärte Michael. »Wenn die Herren mich zur Mine begleiten wollen, mache ich eine Führung.«

Alle schauten interessiert drein und nickten.

»Gut.« Prudence klopfte mit dem Finger auf die Tischkante. »Das wäre geklärt. Jetzt müssen wir nur noch das Frühstücksgeschirr abwaschen.«

Trudy faltete ihre Serviette zusammen. »Wir helfen alle.«

Prudence warf den anderen Frauen über den Tisch hinweg ein Lächeln zu. »Das Saubermachen sollte uns leichtfallen. Damit haben wir schließlich jede Menge Erfahrung, so wie wir in der Agentur zusammengearbeitet haben.« Ihr ironischer Gesichtsausdruck zeigte, dass sie sich über sich selbst lustig machte.

Bertha musste lachen. Nicht ein einziges Mal hatte Prudence mit ihnen *zusammengearbeitet*. Eher war sie jeglicher Anstrengung aus dem Weg gegangen oder hatte die anderen bei deren Bemühungen behindert, sodass sie um sie herum arbeiten mussten.

Das fröhliche Grinsen der anderen Frauen sagte ihr, dass auch sie die gleichen Erinnerungen teilten.

Auch ein anderer Gedanke schoss ihr durch den Kopf. Noch nie hatte Prudence Selbstironie an den Tag gelegt. Noch mehr als die Begegnung in der Küche zuvor, vermittelte diese Unterhaltung Bertha den sicheren Eindruck, dass ihre Erzfeindin sich wirklich gewandelt hatte.

*Wenn Prudence sich so stark verändern kann, vielleicht wird es mir dann auch gelingen.*

# Kapitel Sieben

Als die Morgans und ihr Besuch an jenem Abend den Versammlungssaal betraten, um das Erntefest zu feiern, konzentrierte Howie sich, wie alle anderen anwesenden Männer, auf die Damen. Er wusste nicht, was sie mit sich angestellt hatten, doch in ihren eleganten Kleidern, mit den Locken, die sich vor ihren Stirnen kräuselten und den langen weißen Handschuhen, die ihre Finger und Arme bedeckten, schienen sie ganz andere Wesen zu sein als die Frauen in Arbeitskleidern und Schürzen, die den ganzen Tag lang geschuftet hatten, damit das Fest stattfinden konnte.

Miss Bucholtz trat in den Raum und Howie dachte, dass sie den hinreißendsten Anblick bot, den er je gesehen hatte. Ihr Seidenkleid in Zartrosa hatte eine Spitzenborte, aber nicht die üppige, zu einer Tournüre fallenden Stoffmenge, wie die Gewänder von einigen anderen modebewussten Frauen. Stattdessen verliefen schmale, gleichfarbige Samtstreifen von ihrer Hüfte zum Saum. Sie wirkte rund und schön – wie ein köstlicher Pfirsich.

Als er den Blick losriss und zu den anderen Männern schaute, sah er den gleichen Hunger in ihren Augen, wie den, der ihm den Magen zerfraß. *Meine.* Am liebsten wäre er an ihre Seite getreten und hätte seinen Besitz beansprucht.

Bertha sah, wie all die Männer sie anstarrten, und wich nach und nach zurück. Doch da sie von ihren Freundinnen umgeben war, konnte sie nicht zur Tür hinaus flüchten.

Auf ein Kopfnicken von Mr Morgan hob Obadiah Kettering seine Geige und strich den Bogen über die Saiten, eine Aufforderung zum Tanz. Neben ihm stand ein Minenwächter, der damit beauftragt war, jeglichen Schnaps von dem Mann fernzuhalten. Den ganzen Tag lang hatte Mr Morgan den Geiger beobachten lassen, sodass nicht ein Tropfen Alkohol die Lippen des Mannes berühren würde. Heute Abend sollten die Minenwächter sich bei Obadiahs Überwachung abwechseln, damit jeder von ihnen auch das Fest genießen konnte.

Obadiah stimmte einen Walzer an.

Howie erkannte das Stück als das, welches der Mann auf der Feier anlässlich der Hochzeit der Morgans gespielt hatte, als die Ehepartner – so vermutete er – sich ineinander verliebt hatten.

Dieses Mal hatten sie wesentlich mehr Platz als im Esszimmer, und Mr Morgan nutzte jeden Zentimeter geschickt, als er seine Frau im gleitenden Rhythmus herumwirbelte. Jedes Lächeln und jeder Blick des einen galt nur dem anderen, und die Eheleute bewegten sich so natürlich, als würden sie schon seit Jahren miteinander tanzen.

Nachdem sie mehrere Runden im Saal gedreht hatten, gesellten sich die Besucher zu ihnen. Dank der Gesprächsfetzen, die Howie bei der gemeinsamen Arbeit aufgeschnappt hatte, wusste er, dass keine der anderen Versandbräute bisher mit ihrem Mann getanzt hatte. Deshalb hatte der Boss alle anderen darum gebeten, sich beim ersten Stück fernzuhalten.

Heute hatte Prudence Seth und Jonah beiseite genommen, um ihnen den Walzer beizubringen. Gid konnte bereits tanzen. Nun drehten und senkten sich die vier Paare mit unterschiedlichem technischem Niveau, doch alle mit einem glücklichen Ausdruck auf den Lippen.

Howie hielt nach der fünften Frau der Versandbrautagentur Ausschau und sah sie umzingelt. Als Neuankömmling und einzige ledige Frau auf dem Fest wurde sie von den Minenarbeitern umschwärmt. Und nicht nur von denen. Wie Ameisen, auf der Jagd nach dem einzigen auf einer Picknickdecke verbliebenen Krümel, waren Junggesellen von meilenweit gekommen, um dem Tanz beizuwohnen und mit Frauen zu sprechen – Alter und Familienstand spielten da keine Rolle.

Er war drauf und dran, sich seinen Weg durch die Menge zu bahnen, doch dann sah er, wie Mrs Tisdale, das weibliche Oberhaupt der Stadt, die Situation in die Hand nahm und Bertha genauso bewachte, wie der Minenwächter Obadiah. Sie befahl den Männern, sich anzustellen und rasch bildete sich an der Wand entlang eine Schlange.

Howie blieb keine Hoffnung auf einen Tanz mit Bertha und innerlich ohrfeigte er sich dafür, dass er nicht daran gedacht hatte, direkt am Eingang sein Lager aufzuschlagen. Stattdessen hatte er automatisch den vertrauten Schatten zwischen den beiden Lichtkreisen der herabhängenden Laternen gesucht, der ihm auch einen guten Überblick über den Raum bot. *Ich werde sie wohl aus der Ferne bewachen müssen.*

Als der erste Tanz zu Ende war, schritt ein Cowboy, dessen Name er nicht kannte – ein drahtiger Typ – krummbeinig an Berthas Seite. Gleichzeitig überredete einer der älteren Bergmänner Mrs Tisdale zu einem Tanz.

Er wandte den Blick von Bertha ab und sah einen Minenwächter, der neben Obadiah stand und versuchte, Howies Aufmerksamkeit zu wecken. Der Mann winkte ihn zu sich.

Howie bahnte sich einen Weg durch die Menschenmasse, bis er vor dem Minenwächter stand.

Der Mann wies mit dem Kopf auf Obadiah. »Er will Wasser. Ich kann nicht von seiner Seite weichen. Und ich würde seinen Kumpanen zutrauen, dass sie ihm ins Glas spucken.«

»Ich hole welches.« Er wusste, dass in der Nähe der Tische mit den Speisen ein Wasserfass mit Hahn stand, denn er hatte es vorher dorthin gebracht. Er kam nur langsam im Saal voran, weil ihn scheinbar jeder begrüßen wollte, obwohl ihn an diesem Tag alle bereits gesehen hatten. Am Fass musste er Schlange stehen. *Wäre ich doch bloß draußen an den Brunnen gegangen.* Als er mit zwei Gläsern Wasser – auch eins für den Wächter – zurückkehrte, waren bereits drei Tänze vergangen.

Howie ging zu seinem Fleckchen im Schatten zurück, das ihm gute Sicht auf die Tanzfläche bot. Von hier aus beobachtete er, wie Bertha mit Dean Tisdale, einem Witwer mit Sohn, eine Polka tanzte. Zwar war Dean ein Freund von Howie. Doch in diesem Moment wurden sie zu Rivalen.

Berthas volle Brüste, die von dem eckigen Ausschnitt ihres rosaroten Kleides mit tiefem Dekolleté zur Geltung gebracht wurden, hüpften bei jeder Bewegung. Für solch eine vollschlanke Frau waren ihre Schritte leicht und graziös, ganz im Gegensatz zu denen ihres schwerfälligen Partners, der neben ihr her galoppierte. Sie schien jedoch langsam außer Kräften zu sein. Ihre Wangen waren rot, die Stirn verschwitzt und ihr Mund stand offen, weil sie nach Luft japste.

Auch die anderen Frauen, sogar Mrs Tisdale, sahen ähnlich mitgenommen aus, da sie nie die Chance bekamen, sich zu setzen und auszuruhen. Kaum war ein Stück vorbei und ihre Partner begleiteten sie von der Tanzfläche, da stürzten sich die nächsten Männer auf sie. Doch die anderen Frauen amüsierten sich offensichtlich – ganz anders als Bertha, die einen gequälten Ausdruck im Gesicht hatte, seit er sie an diesem Abend zum ersten Mal erblickt hatte.

Die Musik endete, als Bertha und Dean nur wenige Schritte von Howie entfernt waren. Als sie die Schlange der Männer sah, die darauf warteten, mit ihr zu tanzen, drängte ihre verzweifelte Miene Howie zum Handeln. Er trat ins Licht und streckte die Hand nach ihr aus.

Bertha war schon oft auf einem Tanzvergnügen gewesen – meist ganz spontane Veranstaltungen bei ihr Zuhause, wo irgendjemand einfach rief »Lasst uns tanzen!« und alle daraufhin die Möbel gegen die Wände rückten und den Teppich aufrollten. Einer von ihnen setzte sich an das Klavier und griff in die Tasten.

Sie drehte eine oder zwei Runden durch das Zimmer, meist mit einem höflichen Mann, der nur darauf wartete, dass die eigentlich von ihm gewünschte Frau frei wurde. Anschließend zog sie sich auf einen Platz im Schutz einer Topfpalme oder eines Möbelstücks zurück und wartete dort, während sie die anderen beobachtete.

Hier gab es kein Entkommen. In jedem Moment waren dutzende Augenpaare auf sie gerichtet. Bertha fühlte sich wie ein Reh, nein, eher wie ein *Elefant*, der auf offenem Feld von Jägern verfolgt wurde, und sehnte sich nach der Ruhe und Sicherheit des Waldes. Sie suchte nach Howie, konnte ihn aber nicht sehen.

Als die Polka vorbei war, blieb sie neben Mr Tisdale – einem großen Mann mit den gleichen blauen Augen wie seine Mutter – stehen und wartete darauf, dass die Menschen die Tanzfläche frei machten. Sie presste die Hand auf ihren schweren Busen und versuchte, ihr rasendes Herz zu beruhigen und wieder zu Atem zu kommen.

Diskret zupfte Bertha ein Taschentuch aus der kleinen Tasche, die in den Samtstreifen an der Seite ihres Rockes eingearbeitet war, und tupfte sich das − so vermutete sie − purpurrote Gesicht ab. Sie rückte einige verrutschte Haarnadeln zurück in die Locken und Zöpfe, die auf ihrem Kopf festgesteckt waren, und wusste, dass ihr Fransenpony wegen ihrer feuchten Stirn seine Locken verlor. *Warum habe ich mich bloß von Prudence zu dieser Frisur überreden lassen?*

Bertha wünschte, sie könnte sich setzen, ihren schmerzenden Füßen etwas Ruhe gönnen und sich abkühlen. Zu spät entsann sie sich des ovalen Fächers, der an ihrem Handgelenk baumelte. Zuvor hatte Darcy Abendhandschuhe, Fächer und eleganten Goldschmuck an Lina, Prudence, Bertha und Trudy ausgeteilt, mit der Begründung, sie besitze viel zu viel albernen Plunder, der ungenutzt in einem Koffer bleiben würde, wenn ihre Freundinnen ihr nicht einen Teil davon abnahmen.

Bertha klappte den Fächer auf. Unter dem Vorwand, ihre Wangen zu kühlen, suchte sie mit den Augen den Raum nach Howie ab.

Eine Hand auf ihr Kreuz gelegt, geleitete Mr Tisdale sie zu den Männern in der Schlange.

Bertha versteifte sich, um ein instinktives Schaudern zu verbergen. Sie sträubte sich dagegen, auf so eine Art und Weise − die zu vertraut, zu besitzergreifend wirkte − berührt zu werden.

»Der Tanz war mir eine Freude, Miss Bucholtz«, sagte Mr Tisdale und warf ihr einen dankbaren Blick zu. »Sie sind wirklich leichtfüßig.«

*Für so eine schwere Frau.* Ausgehend von ihrer Erfahrung vervollständigte Bertha den restlichen Satz. Sie schaute zum nächsten Mann in der Schlange, ein ruppig aussehender Minenarbeiter mit einer Narbe auf der Stirn. Er schaute sie finster an.

Bertha verließ der ohnehin schon dürftige Mut. Sie sah sich nach Howie um, konnte ihn aber wieder nicht entdecken. *Wo ist er? Was ist, wenn er nicht zum Fest kommt?*

Jemand fasste sie von hinten an den Arm.

Bertha schaute sich um und bei Howies Anblick machte ihr Herz einen Sprung.

»Ich glaube, das ist mein Tanz.«

Enorm erleichtert über seine Aufforderung, verabschiedete sie sich mit einem Nicken von Mr Tisdale, der es nicht wagte, den an der Wand wartenden Männern ins Gesicht zu schauen. Sie schloss den Fächer, ließ ihn sinken, sodass er von ihrem Handgelenk hing, und steckte das Taschentuch ein.

»Kommen Sie mit!«, sagte Howie in ruhigem Befehlston.

Sie spürte seine Handfläche auf ihrem Kreuz, doch anders als bei Mr Tisdale, machte Howies Berührung ihr gar nichts aus.

Er brachte sie fort von den Schlange stehenden Herren, vorbei an einer Gruppe Männer, nahm ihre Hand und legte sie in seine Armbeuge. Dann geleitete er sie am Rand der Tanzfläche entlang und drängte sich durch die Menschenmenge.

Der Geiger stimmte ein weiteres Stück an, dieses Mal einen *Reel*, und die Paare bildeten parallel zueinander Reihen.

Neugierige Blicke richteten sich auf sie.

Anstatt sich umzudrehen, um sich in die Mitte des Saals zu begeben, ging Howie weiter und schritt so schnell mit ihr voran, dass niemand sie anhalten und in ein Gespräch verwickeln konnte – ein Manöver, das sie bewunderte. Im Handumdrehen hatte er sie zur halbgeöffneten Tür hinaus und die zwei Stufen hinab befördert, bis sie auf der Straße standen.

Die Luft war frisch und die kühle Brise willkommen auf ihrer glühenden Haut. Sterne funkelten, wie Zuckerkörner über den schwarzen Himmel verteilt. Die Mondsichel warf nur einen schwachen Lichtschimmer auf sie.

Bertha war überrascht, dass niemand draußen stand. Vielleicht war es noch zu früh für die Männer, um ganz diskret, fernab von den Damen, zu rauchen oder zu trinken. Neugierig schaute sie Howie an und ließ ihre Augen ruhigen Gewissens auf ihm ruhen, da er seinen Blick weiterhin nach vorn gerichtet hatte.

Sie erreichten das Wohnheim und traten auf die Veranda. Der Eingang wurde nicht von Laternen beleuchtet und der Überbau hielt das schwache Mondlicht zurück.

Er deutete auf die Fassade des Gebäudes. »Ich weiß nicht, ob Sie es vorhin bemerkt haben ... Da vorn, ungefähr drei Schritte von Ihnen entfernt, steht eine Bank. Sie müsste recht sauber sein, weil sie jeden Tag genutzt wird. Aber zur Sicherheit wische ich sie für Sie ab. Sie können ein Weilchen in Ruhe sitzen bleiben.« Er zückte sein Taschentuch und wischte damit über das Holz.

»Wunderbar«, sagte sie mit einem Seufzen und streckte die Hand aus, bis sie die Hauswand berührte und tastete sich dann unten, bis ihre Fingerspitzen über die Bank strichen. Dankbar drehte sie sich um und ließ sich fallen.

»Etwa dreißig Schritte von hier gibt es einen Brunnen. Ich hole Ihnen etwas Wasser, behalte Sie aber den ganzen Weg über im Blick.«

Bertha wurde bewusst, wie ausgetrocknet sie war. »Wasser wäre großartig, vielen Dank!«

Inzwischen hatten ihre Augen sich an die Dunkelheit gewöhnt und Bertha sah ihn auf der Straße stehen. Doch obwohl sie ihn beobachtete, verlor seine Figur sich in der Nacht. *Ich wünschte, ich hätte die gleiche Begabung dazu, einfach aus dem Blick zu verschwinden.*

Sie schloss die Augen und atmete langsam ein und aus, um die friedliche Abendruhe in sich aufzusaugen. Ein Nachtvogel trällerte. *Ich wünschte, ich könnte hier draußen bleiben und nicht zum Fest zurückkehren!* Sie hatte weder das Bedürfnis, sich wieder in dieses Menschenmeer zu begeben, auch wenn ihre Freundinnen dort waren, noch wollte sie mit irgendjemandem reden – außer mit einem bestimmten Mann. »Mr. Brungar«, rief Bertha leise, bevor sie sich den Gedanken ausreden konnte.

»Ich bin hier.« Seine Stimme kam von der rechten Seite.

»Ich sehe Sie nicht.« Sie spitzte die Ohren, um Bewegungen oder Schritte zu hören.

Howie tauchte mit einer Kelle in der Hand wieder auf. Er ging die Stufen hinauf und senkte die Kelle. Statt sie ihr zu reichen, führte er sie an ihre Lippen.

Bertha umschloss seine Finger mit ihrer Hand und trank. Das Wasser war kalt. »Das Beste, das ich je getrunken habe«, sagte sie und betrachtete ihn. »Nehmen Sie auch etwas davon.«

»Das hier ist nur für Sie.«

Sie trank die Kelle aus.

Er nahm sie wieder an sich. »Ich bringe sie zurück und bin gleich wieder hier.«

Nur eine Minute schien vergangen zu sein, da ertönte seine Stimme aus der Dunkelheit: »Jetzt ruhen Sie sich mal aus, Miss Bucholtz. Ich passe auf, dass niemand Sie stört. Wenn Sie zur Rückkehr bereit sind, sagen Sie Bescheid und ich bringe Sie zurück.«

*Er hat Verständnis.*

Ohne von Worten oder Blicken abgelenkt zu werden, sah sie von ihm nichts weiter als eine schemenhafte Figur, die sich mit männlicher Anmut und entschiedenem, harmonischem Schritt in ihre Richtung bewegte. Sie klopfte auf die Bank. »Ich würde Ihre Gesellschaft schätzen.« Selbst verblüfft über ihre Kühnheit, zog Bertha die Hand zurück, als wäre das Holz ein glühender Stein. Ihr Herz raste.

»Howie. Nicht Mr Brungar. Nicht für Sie.« Er nahm einen halben Meter von ihr entfernt Platz.

»In meinen Gedanken habe ich Sie bereits Howie genannt«, gestand sie. »Wenn man auf jemanden fällt, dann löst das generell jegliche Formalität in Luft auf.«

Er lachte. »Da haben Sie recht, Miss Bucholtz.«

»Bitte nennen Sie mich Bertha.«

»Auch ich nenne Sie in Gedanken beim Vornamen. Auch wenn ich Sie, wenn Sie das Wohnheim leiten und so weiter, niemals so anreden könnte. Das wäre respektlos.«

»Dann seien Sie in der Öffentlichkeit formal. Aber wenn wir unter uns sind, dann bin ich Bertha.« Sie ertappte sich dabei, wie sie darauf hoffte, dass sie noch andere Male allein sein würden.

Er erhob keinen Einspruch gegen ihren Vorschlag, was sie als Zustimmung deutete.

»Wenn wir noch lange draußen bleiben, werden Sie sich verkühlen. Hier.« Er stand auf. »Lassen Sie sich meinen Mantel geben.«

Bertha hörte schweren Stoff rascheln. Das Gewicht und die Wärme seines Mantels legten sich über ihre Schultern. »Danke, Howie«, murmelte sie.

»Erlauben Sie mir, Ihnen beim Anziehen behilflich u sein.« Seine Hand strich über ihre Schulter.

Bei seiner Berührung bekam sie eine Gänsehaut. Noch nie hatte sie so etwas gespürt und sie sehnte sich nach mehr.

Er trat an ihre rechte Seite und brach den Zauber.

Voller Panik wurde Bertha bewusst, dass sie niemals in einen Mantel in seiner Größe passen konnte. Sie stellte sich vor, wie sie versuchte, ihren Arm in den Ärmel zu stopfen, wie Fleisch in eine Wursthülle. Allein der Gedanke demütigte sie. »Helfen Sie mir nur dabei, ihn wie einen Umhang um die Schultern herum zu legen und zu schließen.«

Er knöpfte den obersten Knopf unter ihrem Kinn zu. »So. Das sollte Sie warm halten, bis Sie sich dazu bereit fühlen, zurückzukehren.«

Die Wärme seiner Körpertemperatur und seines Geruchs hüllten sie ein.

Sie saßen wortlos da, doch es war nicht die Art von peinlicher, endloser Stille, die sich ausbreitete, wenn ein Mann erfolglos darauf wartete, dass sie etwas sagte. Es schien ein angenehmes, geselliges Schweigen zu sein.

*Was für ein beruhigender Mann er doch ist!*

Nach und nach entspannten sich ihre verkrampften Schultermuskeln. Leider machte ihr das nur deutlich bewusst, wie sehr ihre Füße schmerzten. Sie änderte ihre Sitzposition und seufzte.

»Möchten Sie zurückkehren?«

»Niemals!«, entfuhr es ihr. Sie zuckte zusammen und dachte daran, wie viel die anderen für sie getan hatten und wie sehr sie sich um die Veranstaltung bemüht hatten.

Sein leises und tiefes Lachen wärmte sie genauso wie sein Mantel. »Normalerweise wäre ich nie zu so einem Zirkus gegangen.«

»Warum haben Sie es dann getan?« Eine lange Pause folgte auf ihre Frage und Bertha dachte schon, er würde nicht antworten.

»Weil Sie da waren.«

Sie atmete tief ein. »Sie hatten Angst, ich würde wieder von irgendwo herunterfallen?«

»Das käme mir gar nicht ungelegen. Solange ich in der Nähe bin und Sie auffangen kann.«

»Ich habe mich gestern Abend so gedemütigt gefühlt.«

»Meinen Sie etwa den schönsten Augenblick, den ich seit Jahren erlebt habe?«

Bertha platzte heraus. »Wie können Sie so etwas sagen?«

»Schätzchen«, wandte er sich scherzhaft an sie. »Ich hatte die Arme um das weichste Frauenfleisch im gesamten Montana-Territorium geschlungen. Ich vermute, ich war der glücklichste Mann weit und breit.«

Noch im gleichen Moment, in dem die Worte aus seinem Mund drangen, hätte Howie sich am liebsten den Schädel eingeschlagen. *Frauenfleisch? Habe ich das wirklich gerade gesagt?*

Ihr sanftes Lachen erlöste ihn. Es war nicht die Art von Lachen, mit dem man jemandem zu verstehen gab, dass er gerade einen Narren aus sich gemacht hatte, sondern eines, das erstaunt, ja sogar glücklich, klang.

»Ich glaube, das ist das einzigartigste und außergewöhnlichste Kompliment, das ich je gehört habe«, sagte sie. »Und ich habe sechs wunderschöne Schwestern, deshalb habe ich *sehr viele* Komplimente von Männern an sie gehört.«

Er musste schmunzeln. »Was heißt an *sie*? Ich bin sicher, die Burschen haben auch Ihnen viele – sehr viele – Komplimente gemacht.«

»Eigentlich nicht«, gestand sie kleinlaut. »Das war mein erstes.«

Um seinen Worten Nachdruck zu verleihen, berührte Howie ihren Ellenbogen und ließ seine Hand ihren Arm hinabgleiten, um ihre Finger mit seinen zu verschlingen. »Dann freue ich mich, dass es so unvergesslich bleiben wird. Und vor allem, dass *ich* derjenige war, der klug genug war, um den Schatz zu erkennen, den diese blinden Ochsen, die Ihre Schwestern umgarnten, übersehen haben.«

»Sie sind wirklich ein Schmeichler, Howie.«

*Dazu machst du mich.*

Er hütete sich davor, das laut zu sagen. So gern er Bertha Bucholtz auch umworben hätte, so hatte er einer Frau wie ihr nichts zu bieten. Er konnte sich nicht vorstellen, vor ihr auf die Knie zu gehen und um ihre Hand anzuhalten. *Willst du mich heiraten und den Rest deines Lebens mit mir verbringen? In einem Stall?*

*Nein, besser ich gehe auf Abstand.*

Howie hörte sie seufzen und fragte sich, ob sie anfing, sich in seiner Gegenwart zu langweilen. *Ich sollte fragen ...* »Ich wette, Sie möchten wieder hineingehen.«

»Eigentlich tun mir die Füße weh. Ich habe nur beim *Gedanken daran,* wieder hineinzugehen, geseufzt. Noch mehr Unterhaltungen und Tänze wären schrecklich anstrengend.«

Howie vergaß seinen gerade gefassten Beschluss. »Nun, sehen wir mal, ob ich Ihnen bei einem der Probleme helfen kann.« Im Schleier der Dunkelheit fühlte er sich mutiger als gewöhnlich. Er beugte sich vor und umfasste sanft ihr Fußgelenk – eine so intime Stelle, dass es fast empörend war, sie zu berühren. Er rutschte von der Bank und ging auf die Knie, bevor er Berthas Fuß hob.

»Was machen Sie da?« Ihre Worte klangen atemlos.

»Ich massiere Ihnen die Füße.« Er wartete auf ein Zeichen der Zustimmung, um fortzufahren. Da sie nicht protestierte oder das Bein wegzog, hob er ihren Fuß an, zog den cremefarbenen Schuh aus Satin aus und stellte ihn auf den Boden der Veranda.

Ihr Fuß war klein und rund. Am liebsten hätte er ihre Zehen geküsst. Stattdessen begann er, ihre Fußsohle zu reiben und bewegte sich von der Wölbung zum Ballen ihres Fußes.

Sie atmete tief ein und stieß ein genussvolles Stöhnen aus. »Oh, *Jessesgott,* das fühlt sich himmlisch an.«

Howie lächelte und wünschte, er könnte ihren Gesichtsausdruck sehen. Er malte sich aus, wie er seine Hand ihre Wade hochgleiten ließ, ihren Rock hob und die Grübchen auf ihren Knien küsste, von denen er sich sicher war, sie zu finden.

Männerstimmen erklangen aus der Richtung des Versammlungssaals und schreckten ihn aus seiner Träumerei. Howie wurde bewusst, dass er Berthas Ruf in Gefahr brachte.

Doch er wollte bleiben und sich um ihren anderen Fuß kümmern. *Sicherlich schützt uns die Dunkelheit vor Blicken.*

*Nur noch ein paar Minuten.* Er zog ihr den Schuh an und griff zu ihrem anderen Fuß, den er entkleidete, um die Sohle mit seinem Daumen zu massieren.

Ihre Zehen rollten sich zusammen. »Das fühlt sich so gut an, Howie.« Sie legte ihm die Hand auf die Schulter und drückte sie.

»Ich würde ja gern noch weiter machen, Schätzchen, aber ich bringe Sie besser zurück in den Versammlungssaal. Man wird Sie schon vermissen, deshalb können wir nicht länger fortbleiben.«

Bertha seufzte. »Das stimmt wohl.« Sie klang enttäuscht.

Howie zog ihr den Schuh wieder an. Er nahm ihre Hand von seiner Schulter und zog sie beim Aufstehen mit hoch. Er geleitete sie von der Veranda und passte dabei gut auf, sie festzuhalten, damit sie nicht stolperte.

»Dank Ihnen kann ich wieder besser laufen.«

Er hielt ihre Hand, bis sie ins Licht traten, das durch die Fenster und die offenstehende Tür des Versammlungssaals drang. Der Wind trug Geigenklänge zu ihnen. Wiederwillig ließ er Berthas Hand los.

Eine Gruppe Männer stand im Licht und sprach mit Michael Morgan.

Howie erkannte die Besucher.

Sie hielten die Arme verschränkt, die Stimmen gedämpft und ernst.

*Muss ja ein schwerwiegendes Thema sein.* Howie fragte sich, ob es etwas mit Bertha zu tun hatte, und sein Magen zog sich zusammen.

Er beugte sich zu ihr herab. »Gehen Sie jetzt hinein. Machen Sie einen Bogen um die Männer und bleiben Sie im Schatten. Sie sind in ein Gespräch vertieft und übersehen Sie vielleicht. Ich versuche herauszufinden, was da vor sich geht. Aber ich behalte Sie im Auge, bis Sie drinnen sind.«

Sie nickte lächelnd und knöpfte seinen Mantel auf.

Howie ließ ihn von ihren Schultern gleiten und wünschte, er könnte ihr einen Kuss auf den Nacken drücken. »Nun gehen Sie ruhig!« Er deutete mit dem Kinn zum Versammlungssaal.

Er beobachtete, wie sie sich auf den Weg zum Haus machte, und bewunderte ihre schwingenden Hüften. Dann streifte er sich den Mantel über und schlenderte zur Gruppe, die Mr Morgan umgab.

Sie drehten sich zu ihm um.

Der Boss runzelte die Stirn. »Ich möchte, dass du das auch hörst, Howie.« Er gab Jonah Barrett ein Handzeichen. »Bitte wiederholen Sie das, was Sie mir gerade erzählt haben.«

Jonah fuhr sich mit der Hand über den Kopf. »Wie Sie wohl schon wissen, hat Gid Anzeichen in der Natur dafür gesehen, dass uns ein kalter Winter erwartet. Deshalb haben Lina und ich den Indianern einen Besuch abgestattet, um mehr Informationen zu sammeln. Meine verstorbene Frau war Schwarzfußindianerin und ich wollte wissen, ob sie die gleichen Befürchtungen hatten. Zur Sicherheit habe ich ihnen auch einen Vorrat an Lebensmitteln mitgebracht.«

»Und was sagen sie?«, fragte Howie.

»Sie glauben, dieses Jahr könnte genauso schlimm werden wie der lange Winter von 1880.«

Howie sog tief Luft ein, während ihm die Erinnerungen an die tosenden Schneestürme, die heftigen Schneefälle über seinem Kopf, die wegen der immer knapper werdenden Nahrung enger geschnallten Gürtel, in den Sinn kamen ... »Aha, gut zu wissen. Eines der größten Probleme in jenem Winter war der Zug, der nicht zu uns durchkam.«

»Wir brauchen mehr Vorräte, Essen und Brennstoff«, erklärte Mr Morgan.

Howie nickte. »Zusätzliches Futter für die Maultiere und Pferde.«

»Richtig. Wir werden die Planung so vornehmen, als hätten wir bis zum Frühling keinen Zugang mehr zu Sweetwater Springs oder zu anderen Orten ...«

Ein paar Männer drückten brummend ihre Zustimmung aus.

Ein Anflug von Sorge trat in das Gesicht vom Boss. »Ich war in den neunziger Jahren noch nicht der Besitzer der Mine, aber ich habe Geschichten davon gehört. Als einmal ein Schneesturm hereinbrach, gingen zwei Männer auf dem Weg von der Mine zur Stadt verloren.« Er biss den Kiefer zusammen. »Ich möchte nicht, dass meinen Bergmännern das Gleiche passiert.«

»Wir können einen Draht zwischen Mästen aufspannen.« Howie hob seine Hand schulterhoch. »So hoch. Ich glaube kaum, dass die Schneeverwehungen höher als so sein werden.«

Mr Morgan rieb sich das Kinn. »Gut, gut. Der Draht kann von der Mine bis zu meinem Haus führen. Solange ihr euch daran festhaltet, findet ihr den Weg nach Hause.«

»Das funktioniert bestimmt. Vielleicht auch Seile von Haus zu Haus.«

Seth löste seine Arme aus der Verschränkung. »Bewahren Sie besser eine Extraportion Essen und Decken im Bergwerk auf, sodass Ihre Männer im Falle eines Schneesturms mehrere Tage lang Unterschlupf dort finden, falls nötig.«

Der Boss stieß langsam einen Seufzer aus. »Gute Idee, Seth. Das wird ein teurer Winter. Aber wenn wir ihn durchstehen, ohne Todesfälle bei Menschen und Tieren zu verzeichnen, ist es die Mühe wert.« Mr Morgan legte den Zeigefinger als Zeichen der Verschwiegenheit auf den Mund. »Bewahren wir heute Abend Stillschweigen darüber. Es hat keinen Sinn, alle zu beunruhigen. Morgen ist auch noch früh genug.« Er reichte Jonah die Hand. »Danke, dass Sie uns die Nachricht überbracht haben. Ich stehe in Ihrer Schuld.«

Jonah schüttelte ihm die Hand. »Passen Sie nur gut auf die beiden Freundinnen meiner Lina auf, das reicht mir schon.«

Mr Morgans Grinsen vertrieb die Sorgenfalten aus seinem Gesicht. »Das hatte ich schon vor.« Mit gehobenen Brauen warf er Howie einen Blick von der Seite zu. »Und bei diesem Unterfangen werde ich nicht allein sein.«

Howie richtete sich zu voller Größe auf, da er wusste, dass sein Chef sich auf Howies Verantwortung Bertha gegenüber bezog. Doch er konnte nicht anders, als sich zu fragen, ob Mr Morgan ahnte, dass es um mehr ging, als nur auf sie aufzupassen.

# Kapitel Acht

Am nächsten Morgen führten Howie, die Morgans und deren Gäste nach dem Frühstück mit *Flapjacks*, Würstchen und Pflaumenkompott ein ernstes Gespräch über den kommenden Winter und schmiedeten Pläne, wie man das Überleben von Morgan's Crossing in den kalten Monaten sichern konnte.

Nachdem sie das besorgniserregende Thema beendet hatten, schaute Michael zu Prudence. »Ich denke, jetzt müssen wir uns mit der Kleinigkeit befassen, unsere neue Köchin – er blinzelte Bertha zu – im Wohnheim unterzubringen. Möchtest du, dass ich dich begleite und Gabellini den Befehl zum Abmarsch gebe, meine Liebe? Oder möchtest du dich lieber allein darum kümmern?«

Prudence trug eine Hemdbluse und einen Rock in Violett, wodurch ihre Augen lavendelfarben wirkten. Das warme, an ihren Mann gerichtete Lächeln war so sanft, dass es ihrem Gesicht Schönheit verlieh. »Wir machen das allein.« Sie sah Bertha an. »Ich möchte, dass du dir bei den Männern Respekt und Gehorsam verschaffst, und zwar nicht nur, weil Michael an deiner Seite steht.«

Für Bertha waren die Worte ein Schlag in den Magen.

Prudence lächelte sie verständnisvoll an. »So schwer diese

Aufgabe auch sein mag, Bertha – ich denke, es ist besser, ihnen gleich zu zeigen, wo es langgeht. Ich werde bei dir sein, um dich zu unterstützen.«

Sie schluckte, denn die Vorstellung einer Konfrontation sagte ihr ganz und gar nicht zu.

»Ich verlange nicht von dir, dass du den Koch *hinauswirfst.*« Prudence rümpfte die Nase. »Dafür bin ich zuständig – und ich freue mich schon darauf. Ich möchte, dass du dich umschaust und mir sagst, was getan werden muss.«

Bertha fühlte, wie sie bei dem Gedanken, dieser Aufgabe nicht gewachsen zu sein, immer mehr in sich zusammensank. Sie klammerte sich an einen Strohhalm und deutete auf den Tisch. »Aber wir müssen erst abwaschen.« *Wie lächerlich ich klinge!*

Lina ließ Adam vom Schoß gleiten und beobachtete ihn dabei, wie er zu seinen Spielzeugen in der Ecke rannte. Sie beugte sich nach vorn. »Darcy, Trudy und ich kümmern uns um alles hier«, sagte sie aufmunternd. »Dann könnt ihr zurückkommen und uns erzählen, was passiert ist. Und wenn ich das Mädchen Juanita herbestellen könnte, damit sie wie gestern auf Adam aufpasst ...« Sie schaute Prudence um Erlaubnis bittend an.

Prudence lächelte. »Juanita liebt kleine Kinder. Sie wird sich freuen.«

Lina schaute zu Adam und dann wieder zu Bertha. »Ich helfe gern beim Putzen im Wohnheim. Scheinbar muss das Gebäude einmal ordentlich geschrubbt werden.«

»Versuchen Sie es lieber mit Schaufeln.« Kopfschüttelnd nippte Howie an seinem Kaffee.

Darcy und Trudy wechselten einen Blick. »Wir helfen«, sagten sie fast im Chor.

Howie faltete die Serviette zusammen und legte sie neben seinen Teller. »Miss Bucholtz, ich begleite Sie und Mrs Morgan. Ich bleibe in der Nähe, falls ich gebraucht werde.«

Über das Angebot erleichtert, nickte Bertha und schaute dann zu Prudence, um zu sehen, ob sie einwilligte.

Prudence legte ihr Silberbesteck auf den Teller. »Ich denke, das ist eine ausgezeichnete Idee, Howie.« Sie erhob sich vom Tisch und nahm ihren Teller. »Die Bergmänner müssten das Wohnheim schon verlassen haben. Also bringen wir es hinter uns, und fangen wir damit an, dass jeder sein Geschirr in die Küche bringt.«

Alle gehorchten. Selbst die Männer gingen mit ihren Tellern und ihrem Besteck in die Küche, die noch immer nach Würstchen roch, und stellten alles auf der Arbeitsfläche ab.

Prudence zeigte auf die Treppe. »Ich gehe nur kurz hoch und hole meinen Mantel.«

Als seine Frau die Küche verlassen hatte, rief Michael ihr nach: »Vergiss nicht deinen Sonnenschirm!«

»Sehr witzig, mein Lieber. Aber wenn ich es bedenke, ist die Idee gar nicht so schlecht.«

Verwirrt schaute Bertha aus dem Fenster. Es war ein grauer Morgen. Prudence brauchte bestimmt keinen Sonnenschirm.

Howie schmunzelte.

Bertha schaute sich im Raum um und verstand nicht, was da in der Luft lag.

Michael schien den unsicheren Blick in ihrem Gesicht bemerkt zu haben. »Einer meiner Vormänner ist ein ausgezeichneter Arbeiter, aber er schlägt seine Frau. So sehr ich es auch versuche – ich kann ihn nicht davon abbringen. Wenige Tage nach unserer Hochzeit haben die Wehen bei der Frau eingesetzt. Der Mann hat Prudence und Mrs Tisdale in seiner Hütte vorgefunden und sie bedroht. Letztendlich hat meine Gattin ihren Sonnenschirm – den damaligen – zerbrochen, als sie ihn damit auf den Kopf geschlagen und ihn aus dem Haus gejagt hat. Als sie mit dem

Grobian fertig war, half sie Mrs Tisdale bei der Entbindung.« Er schaute in lauter verblüffte Gesichter. »Ich vermute, die Geschichte hat sie Ihnen nicht erzählt.«

»Diesen Teil der Erzählung hat sie ausgelassen«, sagte Darcy trocken.

»Später hat Prudence um einen neuen Sonnenschirm gebeten. Ich kann Ihnen versichern, dass ich ihn ihr ersetzt habe, aber erst musste sie mir versprechen, dass sie ihn niemals gegen mich verwendet.«

Bertha war sich nicht so sicher, ob Prudence dieses Versprechen halten würde, wenn sie ihre Fassung verlor.

Michael lächelte sie schelmisch an und hob eine Hand. »Aber um sicherzugehen, passe ich auf, dass ich nur mit ihr streite, wenn kein Sonnenschirm zu sehen ist.«

»Besser immer auf Geschosse gefasst sein«, scherzte Bertha, der Michael wirklich sehr sympathisch war. *Die kratzbürstige Prudence hat einen Mann gefunden, der ihre Stacheln respektiert – auch wenn sie Gott sei Dank nicht mehr so viele hat wie früher.*

»Das habe ich gehört«, sagte Prudence und trat in die Küche. Zu dem violetten Sonnenschirm, der zu ihrem Kleid passte, trug sie außerdem einen schwarzen Mantel. »Was Michaels Gesundheit und Sicherheit zugutekommt, ist, dass ich immer noch nicht gut zielen kann.«

»Und da deine Brötchen himmlisch schmecken, macht es ihm vielleicht nichts aus, sie vom Boden zu essen, wenn du sie doch mal in seine Richtung wirfst«, fügte Bertha hinzu.

Alle brachen in Gelächter aus.

»Sie sind ohnehin zu weich, um als gute Waffen zu dienen. Cookie Gabellini backt welche, die für diesen Zweck besser geeignet sind«, sagte Howie und schritt auf die Hintertür zu. Als er an Bertha vorbeikam, sagte er leise zu ihr: »Sie werden das sehr gut machen.«

Sie schaute ihm nach und fragte sich, warum er so viel

Vertrauen in sie hatte. Doch trotzdem war sie ihm für die Ermutigung dankbar.

Schweren Herzens schnappte Bertha die Schürze, die sie an einen Haken neben der Tür gehängt hatte, trat aus der Küche und ging durch den Flur auf den Salon zu. Zuvor hatte sie ihren Hut und den Mantel mitgebracht und auf dem Sofa abgelegt. Sie setzte sich den marineblauen Filzhut auf den Kopf – die Farbe passte gut zu ihrem grauen Mantel – und knotete die Bänder unter ihrem Kinn zusammen. Als sie den Mantel angelegt hatte, kontrollierte sie, ob sie Handschuhe in den Taschen hatte, falls das Wetter kälter werden sollte.

Prudence gesellte sich zu ihr. Sie hatte einen Hut gewählt, der Ton in Ton mit ihrem violetten Kleid war. Sie hob den Sonnenschirm, als wäre er ein Schwert. »Auf in den Kampf, meine liebe Bertha.«

Bertha wollte nichts mit Kämpfen zu tun haben, doch Prudences Zärtlichkeit brachte sie zum Lächeln und schenkte ihr Mut.

»Folge mir!«, sagte Prudence mit übertrieben englischem Akzent.

Mit der Schürze in der Hand folgte Bertha ihr durch die doppelte Haustür. Auf der Straße angekommen, schaute sie sich nach Howie um, konnte ihn jedoch nirgends entdecken. »Wo ist Mr Brungar?«

»Er wird schon hier sein, auch wenn wir ihn vielleicht nicht sehen. Du wirst bemerken, dass er sich leise und immer im Schatten bewegt.«

Während sie den Schotterweg entlang spazierten, der an Blockhütten und einem Saloon vorbeiführte, dachte Bertha an Howie. *Ist er schüchtern?* Dann erinnerte Bertha sich daran, wie er mit ihr geflirtet hatte. *Nein, das kann er nicht sein.* »Weißt du, warum er so ist?«

Prudence schüttelte den Kopf und warf Bertha einen forschenden Blick zu. »Interessierst du dich für Mr Brungar?«

Verblüfft wandte Bertha die Augen ab. Doch sie war sicher, dass ihr errötendes Gesicht ihre Gefühle verriet.

»Howie ist ein guter Mann.« Prudence spitzte die Lippen. »Michael hält viel von ihm. Sie haben viel zusammen durchgemacht. Michael hat sich ganz schön ausgeschwiegen, wenn es darum geht, was er gemacht hat, nachdem er von Zuhause ausgezogen ist, und ich habe ihn nicht gedrängt, in der Annahme, dass sich noch genügend Gelegenheiten in der Zukunft bieten werden. Aber ich kann etwas Druck machen, wenn du möchtest ...«

*Was für ein peinliches Gespräch.* »Nein, nein«, warf sie hastig ein.

Sie erreichten das Wohnheim, ein zweistöckiges Schindelgebäude mit abblätternder gelber Farbe. »Wir kümmern uns um die Fassade«, versprach Prudence. »Aber wahrscheinlich nicht vor dem Sommer.«

Als sie auf die Veranda traten, warf Bertha einen liebevollen Blick auf die Bank, in Erinnerung an den letzten Abend und den intimen Moment, als Howie ihr die Füße massiert hatte. *Welch eine aufmerksame Geste.*

»Die Fenster sind dreckig.« Prudence runzelte die Stirn. »Mach dich auf das gefasst, was dich noch erwartet! Ich bin fast glücklich, dass wir hier so abgelegen wohnen«, sagte sie ironisch. »Du kannst mich immer noch im Stich lassen, wenn du herausfindest, in was du dich hier verstrickt hast.«

»Du meinst wohl, in was *du* mich hier verstrickt hast«, zog Bertha sie auf.

Sie traten über die Schwelle. Der Speisesaal war so groß, dass zwei lange Holztische darin Platz fanden, mit Bänken auf beiden Seiten. Beim Gehen blieben ihre Schuhsohlen am Boden kleben und machten bei jedem Schritt schnalzende Geräusche. Die Tische sahen genauso schmierig aus.

*Hier erwartet mich mit Sicherheit eine Menge Arbeit.* »Nichts, was man mit ein bisschen Armschmalz nicht hinbekommen würde«, sagte Bertha fröhlich. »Du hast mich ja gewarnt, dass hier alles verdreckt ist.« Sie zeigte auf den zylinderförmigen Ofen an der Wand. »Ich bin froh, dass der Raum eine Heizung besitzt.«

»Die Küche ist da hinten.« Prudence schritt quer durch das Zimmer, mit Bertha dicht auf den Fersen. »Mr Gabellini!«, rief sie und stieß die Flügeltüren auf.

Berthas erster Eindruck war, dass es jede Menge Platz gab und sie atmete erleichtert auf, als sie ihre neue Wirkungsstätte begutachtete: einen großen rechteckigen Tisch, einen Herd mit sechs Kochflächen, der dringend einen schwarzen Anstrich benötigte, einen Küchenschrank, eine große Eiskiste, eine lange Arbeitsfläche mit großem Spülbecken und altmodischer Pumpe. Offene Regale enthielten Töpfe, Pfannen, Geschirr, Kaffeetassen und verschiedene Utensilien. *Ich kann das in die Hand nehmen.*

Ganz hinten, wo der Herd stand, saß ein dickbäuchiger Mann in einer schmutzigen Schürze, ausgestreckt auf einem abgenutzten Ledersessel, und schlief. Sein Kopf hing schlaff nach hinten und er schnarchte.

»Ach, Himmeldonnerwetter!«, rief Prudence und ging auf ihn zu.

Bertha blieb am Herd stehen und lugte in zwei verbeulte Töpfe, in denen sie Bohnen köcheln sah. Sie schnupperte an dem aufsteigenden Dampf, konnte jedoch keine Art von Gewürzen riechen.

Prudence stieß dem Mann mit der Spitze ihres Sonnenschirms ans Knie. »Mr Gabellini, wachen Sie auf!«

Der Koch schreckte aus dem Schlaf. »Was?« Er starrte sie mit verschleiertem Blick an.

»Es ist an der Zeit, den Schweinestall zu verlassen, für den Sie hier gesorgt haben. Ihre Nachfolgerin ist eingetroffen, deshalb besteht für Sie kein Bedarf mehr. Die Minenarbeiter meines Mannes werden bald in sauberer Umgebung leben und mit köstlichem Essen bekocht werden.«

Er sprang auf. »Sie können mich doch nicht ...«

Bertha verschlug es den Atem.

»Oh doch, das kann ich.« Prudence verhärtete sich, offensichtlich nicht zum Nachgeben bereit. »Sie haben die Wahl, Mr Gabellini. Sie können als Bergmann arbeiten oder die Stadt verlassen.«

Wäre Bertha nicht so verängstigt gewesen, hätte der Anblick von Prudence, die zur Abwechslung einmal jemand anderem ihr böses Gesicht zeigte, sie zum Lächeln gebracht. *Und aus gutem Grund.*

Der Koch fauchte: »Ich habe nicht geglaubt, dass Sie ernst machen.« Mit verschränkten Armen schaute er zu Bertha.

Sie wich zurück, stieß gegen die Tischkante und sah aus den Augenwinkeln eine Bewegung.

Begleitet vom langsamen Klackern seiner Stiefelabsätze, ging Howie zu Bertha und stellte sich vor sie, um sie vor der Wut des Mannes zu schützen.

*Woher ist er gekommen?*

Er neigte sich zum Koch. »Lass deinen Unmut nicht an Miss Bucholtz aus, Gabellini. Du kannst niemand anderem als dir selbst die Schuld geben. Mrs Morgan hat dich gewarnt. Ich war dabei.« Er wies mit dem Kinn zur Tür. »Mach dass du rauskommst. Wir packen deine Sachen und stellen sie neben die Hintertür ins Freie.«

Bertha spähte an Howies Rücken vorbei zu dem Mann mit dem roten Kopf.

Mr Gabellini löste die Bänder seiner Schürze, knüllte sie dann zusammen und warf sie zu Boden. »Ich werde mit Mr Morgan darüber sprechen, das können Sie mir glauben!«

»Tun Sie das!«, willigte Prudence in kühlem Tonfall ein.

Wie ein Kind, das einen Wutanfall hat, stampfte der Mann mit dem Fuß auf die Schürze und stürmte dann zur Tür hinaus, ohne sie hinter sich zu schließen.

Prudence lehnte sich zur Tür hinaus. »Mr Morgan ist in der Mine«, rief sie ihm nach. »Genießen Sie den Spaziergang. Sie können ein bisschen Bewegung gut gebrauchen.« Sie richtete sich auf und wandte sich mit funkelnden Augen an Bertha. »So, das hat Spaß gemacht.« Sie zückte ihren Sonnenschirm. »Und mein Schwert musste ich gar nicht benutzen ... zumindest nicht viel.«

Howie drehte sich zu Bertha um. Er verdrehte die Augen, was sie zum Lächeln brachte. »Ich glaube nicht, dass Miss Bucholtz Ihre Begeisterung über die Vernichtung Ihrer Feinde teilt.«

*Und auch nicht darüber, die alte Prudence wieder aufleuchten gesehen zu haben, als sie dem Mann den Fußmarsch empfohlen hat.*

»Bertha hat keine Feinde«, berichtigte Prudence ihn.

Bertha zuckte bei der Erinnerung an den zornigen Blick des Koches zusammen. »Jetzt habe ich vielleicht doch den ersten.«

»Nein!« Howie schaute ihr in die Augen. »Gabellini ist dick und faul. Er ist ein Hitzkopf, aber er kühlt auch wieder ab. Er wird nicht hierbleiben. Der Bergbau ist zu hart. Also machen Sie sich keine Sorgen, hören Sie?«

»Ich höre Sie.« *Und ich vertraue Ihnen.* Wenn Howie der Auffassung war, dass das Problem mit Mr Gabellini Vergangenheit war, dann akzeptierte sie das. Sie hatte viel größere Probleme, beispielsweise, wie sie es schaffen sollte, dieses Gebäude auf Vordermann zu bringen und ein vernünftiges Mittagessen zu zaubern – gefolgt von einem anständigen Abendessen.

»Sollen wir uns einmal umsehen?« Sie ging zu einer Seitentür, drehte den Knauf, um sie zu öffnen, und entdeckte ein großes Schlafzimmer mit zwei Fenstern, deren einzige Möbel ein Eisenbett und ein klappriger Nachttisch waren. An einer Reihe von Haken hingen Kleider. Sie trat ein. Das Zimmer roch abgestanden, als wäre die Bettwäsche seit langem nicht gewaschen worden, und wahrscheinlich war es auch so. Sie hielt die Luft an, ging zu einem Fenster und öffnete es, um zu lüften.

»Wir kaufen dir ein neues Bett und Möbel«, versprach Prudence, die im Türrahmen stand. »Hier ist Platz für einen Kleiderschrank und einen Schreibtisch. Du könntest sogar eine kleine Sitzgruppe vor das Fenster stellen.«

Howie schaute über Prudences Schulter. »Ich packe Gabellinis Sachen zusammen. Draußen stehen jede Menge leere Kisten.«

Prudence schnitt eine Grimasse. »Bertha, du schläfst nicht hier, bis das Zimmer völlig sauber, frisch gestrichen und neu eingerichtet ist. Howie kann dich jeden Abend zu unserem Haus begleiten.«

Bertha gefiel die Vorstellung, begleitet zu werden – zumindest von Howie –, doch sie wollte nicht, dass er die Aufgabe als lästige Pflicht ansah.

Prudence schaute mit ausgestrecktem Zeigefinger an ihnen vorbei. »Inspizieren wir die Speisekammer! Als ich sie das letzte Mal am Tag nach meiner Ankunft hier betreten habe, schien es reichlich Vorräte zu geben.«

Howie ging aus dem Weg und Prudence schritt, den Schirm schwingend, zur anderen Seite der Küche. Sie riss die Tür auf und brachte eine geräumige Speisekammer zum Vorschein, auf deren Boden abgedeckte Tontöpfe standen, und dessen Regale mit Dosen und Gläsern voller Lebensmittel gefüllt waren.

Erfreut über den Anblick der Vorräte, rückte Bertha eine Konservendose mit Mais zur Seite und entdeckte dahinter eine mit Spinat. »Ich muss eine Bestandsaufnahme machen, herausfinden, was ich heute kochen kann und feststellen, was noch gebraucht wird. Ich habe vieles mitgebracht, aber wenn wir mit einem harten Winter rechnen müssen ...«

Prudence schaute sich um. »Ich weiß nicht, wo diese Jungen aus dem Morgenland sind – deine kleinen Helfer. Howie, kannst du sie suchen gehen? Ich gehe unsere Freundinnen zu Hause abholen und trommle die Damen aus Morgan's Crossing zusammen. Wenn wir alle arbeiten, müsste das Haus bis zum Anbruch der Dämmerung sauber sein.«

»Hast du gesagt, dass du vorhast, zu unterrichten?«, fragte Bertha, während sie ein paar Dosen sortierte.

»Ein paar Stunden am Morgen. Eins der Dinge, die ich mir vorgenommen habe, ist es, einen richtigen Lehrer zu finden.«

»Wenn das Frühstücksgeschirr abgespült ist, komme ich am Morgen ohne meine Helfer aus, so können die Jungen zur Schule gehen.«

Prudence runzelte die Brauen.

Bertha machte sich auf eine Verurteilung gefasst, wusste aber, dass sie standfest bleiben würde. *Bildung ist wichtig.*

»Daran habe ich nie gedacht. Aber du hast recht.« Prudence nickte entschieden. »Sie sollten Zugang zu Bildung haben wie alle anderen Kinder auch.«

Bertha schüttelte ihre Schürze aus und streifte sie sich über. Sie begann, ihre Ärmelbündchen aufzuknöpfen, um sie hochzukrempeln.

»Hier!« Prudence reichte Bertha den Sonnenschirm. »Vielleicht solltest du den eine Weile behalten.«

*Ich werde den niemals benutzen!* Sie schüttelte den Kopf. »Nimm du den Schirm. Du kannst nie wissen, wann *du* ihn brauchst.«

Prudence beäugte den Sonnenschirm. »Wahrscheinlich hast du recht.« Sie ließ ihren Blick durch den Raum schweifen. »Du kannst jederzeit eine Bratpfanne verwenden.«

Es dauerte zwei Wochen, bis die Einrichtung für Berthas Privatzimmer eintraf und sie endlich in das Wohnheim einziehen konnte. Dank der Hilfe von Howie, der ihre Koffer in ihr neues Zimmer schleppte, konnte sie so schließlich die Einrichtung in Besitz nehmen. Obwohl sie die Abendspaziergänge in der Dunkelheit, wenn er sie zu den Morgans begleitete, vermissen würde, war sie außerordentlich froh, in ihren eigenen vier Wänden zu leben.

Auf ihre Bitte hin hatte Howie die Wände in Schlafzimmer, Küche und Speisesaal weiß gestrichen. Bertha hatte Vorhänge genäht, sowohl für ihr Zimmer – rosarote Rosen auf marineblauem Untergrund – als auch für die Küche – grün-braun gestreift. Sie hatte geplant, dunkle und schwere Vorhänge im Speisesaal aufzuhängen, hatte jedoch noch keinen Stoff ausgewählt.

An diesem Abend beauftragte Bertha ihre beiden jungen Helfer, die darauf bestanden, zu Ehren der berühmten Präsidenten George und Abe genannt zu werden, nach dem Essen mit dem Abwaschen und Abtrocknen von Töpfen und Pfannen, während sie in ihrem Zimmer arbeitete. Sie ließ die Tür offen, um die Jungen zu überwachen, packte den Koffer aus und verstaute den Inhalt im Zimmer,

Nachdem sie ihre Bezüge ausgegraben hatte, machte sie das Himmelbett. Das weiße Federbett bauschte sich am oberen Ende auf und sie faltete die Decke bis über dem Fußende, so wie zu Hause, nur dass dieses Bett doppelt so breit war. Bertha wurde von einem Anflug von Traurigkeit erfasst. Sie vermisste ihre Schwestern, ihre Unterhaltungen bis spät in die Nacht – auch wenn sie es gar nicht vermisste, dass sie oft weiterredeten, wenn sie schon längst schlafen wollte.

Auf den kleinen, quadratischen Nachttischen zu beiden Seiten des Bettes standen Lampen mit Milchglas. Die gleiche Lampe stand auch auf dem nahegelegenen Schreibtisch.

Sie hängte ihre Kleider, Röcke und Hemdblusen in den Kleiderschrank und legte Unterwäsche, Nachthemden und einen Stapel Taschentücher gefaltet in die Schreibtischschubladen. Ihre Bücher standen in einem Wandregal aufgereiht, an dessen Ende ihre geliebte *Puppi* aus Stoff saß, deren gestickte Gesichtszüge durch das jahrelange Spielen verblasst waren. Ein bequemer Ledersessel stand neben dem Schreibtisch und an der Wand hing ein gerahmtes Foto von ihrer Familie. In einem Korb lagen Wollknäuel und in einem blauen steckten Stricknadeln. Ein paar Zentimeter Schal baumelten an einer der Nadeln.

Das *Erdmännlein* stand auf ihrem Schreibtisch. Sie würde bis zum Frühling warten, um das Wichtelmännchen in den Garten zu setzen – und so einem echten Zuhause den letzten Schliff zu geben.

Bertha schob die leeren Koffer in die Küche und kehrte ins Schlafzimmer zurück. *Später bitte ich Howie, die Koffer auf den Dachboden zu bringen.* Sie trat zurück und betrachtete ihr Reich. Alles sah neu und gemütlich aus. Sie konnte es kaum erwarten, sich in den Ledersessel zu setzen und eines der Bücher zu lesen, die sie sich von Prudence ausgeliehen hatte. Voller Vorfreude ging sie zum Regal und studierte die Titel.

Ein Klopfen ertönte am Türrahmen und als sie sich umdrehte, entdeckte sie Dean Tisdale, der hereinlugte.

Der Mann war so groß, dass er die gesamte Türöffnung einnahm.

Bertha sah Dean nicht sehr oft, weil er mit seiner Mutter und seinem Sohn in einer der Hütten wohnte und seine Mahlzeiten mit ihnen einnahm. »Guten Abend«, sagte sie.

»Geht es Ihrer Mutter gut? Ich war in letzter Zeit so beschäftigt, dass ich sie seit Tagen nicht gesehen habe.«

»Sie ist wohlauf. Ich werde ihr ausrichten, dass Sie sich nach ihr erkundigt haben.« Dean zeigte mit dem Daumen auf die Vorderseite des Gebäudes. »Wir haben dort ein Plätzchen für Sie geschaffen, Miss Bucholtz. Da können Sie am Abend bequem sitzen, mit den Männern Kontakte knüpfen und die Leute können Ihnen einen Besuch abstatten. Kommen Sie und verweilen Sie ein wenig.«

Der Gedanke sagte ihr nicht zu und sie setzte an, um sein Angebot höflich auszuschlagen, doch der kindliche Blick voller Erwartung auf seinem schroffen Gesicht hielt sie zurück. Bertha konnte angesichts der Hoffnung in seinen blauen Augen nicht nein sagen. »Na dann zeigen Sie mal!«

Er grinste und nickte mit dem Kopf in Richtung Speisesaal. »Nach Ihnen.«

Sie ging durch die Schwingtüren in den Speisesaal und stand inmitten der Bergmänner. Sie hatten die Tische an die Wände geschoben und die Bänke hufeisenförmig in die Mitte gestellt. Die Männer hatten einen einzelnen Ledersessel, der zu dem in ihrem Zimmer passte, mittig vor das U gestellt. Eine Milchglaslampe beleuchtete einen kleinen Tisch neben dem Stuhl.

Die Minenarbeiter, selbst Obadiah, hatten heute Abend auf den Saloon verzichtet. Sie füllten die Bänke mit genauso erwartungsvoller Miene wie Dean.

Bertha schaute sich nach Howie um und suchte auch die dunklen Ecken ab, konnte ihn aber nicht entdecken. *Mit Sicherheit hat er nichts damit zu tun?*

Dean zeigte auf den Sessel. »Das Wohnheim hat kein Wohnzimmer, aber wir haben gedacht, wir könnten hier an der Wand eins einrichten. Deshalb haben wir Mrs Morgan um den Sessel, den Tisch und die Lampe gebeten.«

*Ich werde Prudence umbringen!*

»Wir schieben die Esstische wieder zurück an ihren Platz, bevor wir zu Bett gehen«, versicherte ihr Dean.

Entsetzt darüber, mit den Männern Hof zu halten, zwang Bertha sich zu einem Lächeln, da sie sie nicht enttäuschen wollte. *Genau wie der Salon von meiner Mutter, nur noch schlimmer.*

»Sehen Sie, Miz Bertha«, sagte ein Mann mit einer Narbe auf dem Kinn.

Sie erinnerte sich, dass sie ihm auf dem Fest aus dem Weg gegangen war.

»Wir sind Ihnen so dankbar für Ihr gutes Essen und alles. Im ganzen Leben wurde ich noch nicht besser bekocht.« Er tätschelte sich den Bauch.

»Danke.« Bertha vermerkte sich im Geiste, dass sie Howie nach dem Namen des Mannes fragen sollte.

»Nehmen Sie Platz, Miss B«, rief ein Mann. »Wir werden uns die Hälse verrenken, um zu Ihnen aufzusehen.«

*Jessesgott!* »Lassen Sie mich nur mein Strickzeug holen«, sagte sie mit einem schwachen Lächeln und drehte sich zu ihrem Schlafzimmer um. Sie ging so langsam wie möglich, um das Unvermeidbare hinauszuzögern. In ihrem Zimmer, ihrem teuren Zufluchtsort, angelangt, wünschte sie, sie könnte die Tür zumachen und abschließen.

Stattdessen nahm Bertha den Korb mit der Wolle und trug ihn in den Speisesaal und setzte sich. Ihr war bewusst, dass alle Blicke auf sie gerichtet waren. Sie stellte den Korb auf den Boden. »Nur eine Stunde lang, meine Herren«, sagte sie mit sanfter, aber fester Stimme. »Sie arbeiten hart und brauchen Ihren Schlaf.« Sie hob die an ihrer Brust befestigte Uhr, um die Zeit zu kontrollieren.

»Ja, Ma'am«, murmelten viele von ihnen.

Bertha griff zum Wollknäuel mit den Nadeln und dem Schal, den sie vor ihrer Abreise aus St. Louis begonnen hatte, und begann zu stricken.

Die Männer saßen schweigend da.

Bertha hatte nicht vor, eine Unterhaltung zu beginnen. Sie hielt die Augen auf ihre Stricknadeln gerichtet und spürte die Last der männlichen Blicke auf sich. Nach ein paar Reihen schaute sie auf und sah, wie die Minenarbeiter sie – regungslos und wortlos – beobachteten, als wäre sie das fesselndste Unterhaltungsprogramm, das sie je geboten bekommen hatten.

*Ich werde zur Schau gestellt.* Sie schaute hinunter und beugte sich leicht vor, um ihre Uhr sehen zu können. Es waren erst drei Minuten verstrichen. Mit großer Mühe hielt sie ein Seufzen zurück. *Das wird die längste Stunde meines Lebens.*

# Kapitel Neun

Am Morgen, nachdem Bertha ins Wohnheim eingezogen war, verpasste Howie zum ersten Mal seit langem das Frühstück, weil er am Vorabend nicht hatte einschlafen können. Gleich nach dem Abendessen war er in sein Zimmer hinter dem Stall zurückgekehrt und hatte bemerkt, wie einsam der Spaziergang ohne Bertha an seiner Seite war.

Bis vor Kurzem war er hier in Morgan's Crossing recht zufrieden gewesen, denn er hatte drei Dinge, die er nie zuvor in seinem Leben besessen hatte, an einem Ort vereint: Privatsphäre, Sauberkeit und Wärme. Von der kleinen Blockhütte, die er mit seiner Familie geteilt hatte, war er in ein Waisenhaus gezogen, in dem so viele Gitterbetten standen, wie in den unbeheizten Raum passten, und hatte dann in Schlafbaracken und Wohnheimen mit unterschiedlichen Standards in Hinsicht auf Wärme und Sauberkeit – sowohl in Bezug auf das Gebäude als auch auf seine Zimmergenossen – gelebt.

Seine bescheidene Bleibe bei den Morgans hatte drei Fenster – eines an jeder Außenwand – und war aus Backstein gebaut, um die Ställe zu sichern. Man konnte es nicht riskieren, dass ein Funke vom kleinen Ofen auf die

Holzwände übersprang und den gesamten Heu- und Strohvorrat in Brand setzte.

Sein Zimmer war spartanisch, da er nie ein Mann gewesen war, der den Drang hatte, viel zu kaufen. Er hatte ein Bett, Stühle und einen Tisch, sowie eine Schrankkombination, die er für eine Wand angefertigt hatte. Nur das gerahmte Foto von seinem Vater in der Uniform der Unionsarmee und die Decke, die seine Großmutter gehäkelt hatte, bedeuteten ihm etwas.

*Was braucht ein Mann mehr?* Zumindest hatte er das immer gedacht. *Jetzt weiß ich es besser.*

Der Raum führte Howie nur vor Augen, dass er Bertha nichts zu bieten hatte. Letzte Nacht hatte er lange wach gelegen und versucht, eine Antwort auf die Frage zu finden, wie er genug Geld verdienen konnte, um sich eine Frau und ein hübsches Haus —denn weniger hatte sie nicht verdient — leisten zu können. Ihm kamen die wildesten Ideen in den Kopf, die er gleich darauf wieder verwarf, zum Beispiel sich selbst aufzumachen, um nach Gold zu graben. Das Problem bei allen seinen Lösungen war, dass sie Jahre erfordern würden, wenn er dabei nicht sogar sein letztes Hemd verlieren würde, und außerdem musste er Morgan's Crossing verlassen, um sie umzusetzen. Und was noch schlimmer war — wenn er fortging, würde er Bertha seinen listigen Rivalen überlassen und darüber hinaus erschien es ihm jetzt, wo er schon allein ihr Ritual des gemeinsamen Abendspaziergangs nach Hause schmerzlich vermisste, undenkbar, Monate oder Jahre von ihr getrennt zu sein. Zu guter Letzt gab er es auf, das Problem lösen zu wollen.

Als er den Pferden am Morgen Wasser und Futter gegeben, sie gestriegelt und ihre Ställe ausgemistet hatte, wusch Howie sich und beschloss, zum Wohnheim zu schlendern, um zu sehen, ob er der weichherzigen Köchin etwas zu essen ablocken konnte.

Auf dem Weg hinter den Hütten vorbei, der zur Hintertür des Wohnheims führte, senkte Howie den Kopf, um sich vor dem beißenden Wind zu schützen. Er vergrub die Hände tief in den Taschen, bemerkte aber die Kälte kaum, weil die Gedanken an Bertha ihn warmhielten. Er konnte es nicht erwarten, zu sehen, wie sie ihn anlächelte. Er klopfte mit pochendem Herzen an die Küchentür.

»Herein!«

*Das ist ja merkwürdig. Bertha öffnet normalerweise die Tür. Vielleicht hat sie die Hände im Teig oder Ähnlichem vergraben.* Er trat ein und sah sie am Tisch stehen und Karotten schneiden. Ausgehend von dem Duft nach würzigem Fleisch im gusseisernen Topf schloss er, dass sie wohl einen Braten kochte.

Statt ihn mit dem üblichen Lächeln zu empfangen, machte Bertha eine düstere Miene.

Sein Magen zog sich zusammen. »Was ist los?«, fragte er.

Sie fuchtelte mit dem Messer. »Wussten Sie, was die Männer vorhatten? Haben *Sie* sie dazu verleitet?«

*Verleitet?* Er war alarmiert. »Was ist passiert?«

Bertha betrachtete das Messer mit gehobener Braue, als wäre die Klinge ohne ihr Zutun in ihre Hände gelangt. Sie legte es nieder und stemmte, immer noch stirnrunzelnd, die Hände in die Hüften.

Howie eilte um den Tisch herum, legte seine Hände auf ihre Schultern und betrachtete prüfend ihr Gesicht. »Ist alles in Ordnung? Hat Ihnen jemand etwas angetan?« *Ich bringe ihn um.*

Überraschenderweise wich der düstere Ausdruck von ihrem Gesicht und an seine Stelle trat ein sanftes Lächeln. Bertha atmete auf, griff nach seinen Händen und zog sie zwischen ihnen beiden nach unten, ohne sie jedoch loszulassen. »Ich bin unversehrt.« Sie neigte den Kopf in die Richtung der Innentür. »Kommen Sie sich das ansehen!« Sie ging voraus und zog ihn am Arm hinter sich her. An der Tür angekommen, ließ sie ihn los.

Er folgte Bertha, den Blick auf ihren Rücken gerichtet, sodass er ihren theatralischen Handschwenk zur Vorderwand des Speisesaals und auf einen Sessel und einem Tisch zeigend, nicht sofort folgte. »Warum stehen diese Möbel hier? Hat jemand sie aus Ihrem Zimmer geholt?«

»Mein Zimmer enthält immer noch einen Ledersessel und zwei Nachttischchen.«

»Also dann ...« Howie schaute von ihr zum Sessel und wieder zurück.

»Willkommen in meinem Salon.«

Bertha sprach mit einem sarkastischen Unterton, den er noch nie gehört hatte. Da ihr Zorn nicht gegen ihn gerichtet war, hatte Howie irgendwie seine Freude daran, diese Seite von ihr kennenzulernen. Seine Bauchmuskeln entspannten sich.

»Stellen Sie sich vor, dass ich *da* sitze.« Wieder verfinsterte sich ihre Miene, während sie den Zeigefinger auf den Sessel richtete. »Auf der Bühne.« Ihre Stimme nahm einen theatralischen Klang an.

Howie verschränkte die Arme vor der Brust und lehnte sich mit den Schultern gegen die Wand, um das Schauspiel zu genießen.

Sie drehte sich um und schaute in die Mitte des Zimmers, wobei sie die Hände ausstreckte und mit den Armen um sich warf. »Die Tische sind an die Wände gerückt. Und hier ...«, sie formte ein U mit den Armen, »... bin ich, umzingelt von Bänken voller Männer, die mich alle *anstarren*.«

»Hätte ich doch bloß davon gewusst. Ich wäre in der ersten Reihe gewesen.« *Mit hängender Zunge.*

Sie runzelte die Stirn und stemmte die Hände wieder in die Seiten. »Fünfundzwanzig Minenarbeiter, die mich anstarren ... nein *sechsundzwanzig*. Dean Tisdale war auch hier. Jetzt, wo ich weiß, dass Sie nichts damit zu tun haben, vermute ich, dass er das ganze angeleiert hat.«

Howies Erheiterung verflog. *Dean Tisdale wirbt um sie.* Ein besitzergreifendes Gefühl machte sich in ihm breit. Er war so aufgebracht, dass er sich von der Wand abstieß und steifbeinig auf sie zu ging. *Du gehörst mir!*

Bertha schaute zu ihm auf. »Die ganze Zeit über hat niemand ein Wort gesagt!« Sie gestikulierte wild. »Können Sie sich das vorstellen? Eine so unbehagliche Stunde wie gestern Abend habe ich im ganzen Leben noch nicht verbracht – und dabei habe ich jede Menge unbehagliche Stunden erlebt.«

Sein Ärger verflog. *Ich glaube, Deans Plan ging nach hinten los.* Howie beschloss, dass er es sich leisten konnte, großmütig zu sein. »Möchten Sie, dass ich den Sessel verstecke?«

Sie stieß einen frustrierten Stoßseufzer aus und ließ sich in den besagten Sessel fallen. »Nein. In meinem Zimmer steht noch einer, den man entwenden kann. Ach Howie, was soll ich nur tun? Ich kann so etwas nicht noch einmal eine Stunde durchstehen.«

»Dann weigern Sie sich doch.«

»Aber ich möchte die Gefühle der Männer nicht verletzen. Sie waren so zufrieden mit sich.«

»Wollen Sie anderen einen Gefallen tun oder sich selbst? Die meisten würden sich für sich selbst entscheiden.«

Bertha schüttelte den Kopf. »Es steckt mehr dahinter. Mir fehlt der *Mut*, um den Mund aufzumachen. Und es hat keinen Sinn, mir zu sagen, dass ich es doch tun soll. Meine Familie hat jahrelang versucht, mir dabei zu helfen, etwas Rückgrat zu zeigen.« Sie seufzte. »Die Ironie an der Sache ist, dass ich dachte, ich könnte von all dem freikommen, wenn ich ins Montana-Territorium fliehe.«

»Freikommen wovon?«, fragte Howie. Neugierig darauf, mehr zu erfahren, rückte er die Bank näher und setzte sich.

»Meine Mutter war sehr geduldig, was meine Abneigung gegen gesellschaftliche Anlässe betrifft. Meistens hatte sie Nachsicht, sodass ich nur so wenig wie möglich daran teilnehmen musste.«

Er verspürte Sympathie für ihre Mutter: Diese Frau hatte Bertha nicht dazu gedrängt, gegen ihre zurückhaltende Art zu anzukämpfen.

»Natürlich waren da noch all meine Schwestern, auf die sie sich konzentrieren musste. Unser Haus ist immer ein Drehkreuz für junge Leute, insbesondere Männer – schließlich ist unser Salon groß und gemütlich, meine Schwestern sind hübsch und interessant, und wir servieren jede Menge Stärkungen, dank *meiner* Backkünste. Wenn wir Besuch hatten, mied ich den Salon so weit wie möglich. Aber am gleichen Tag, an dem ich den Brief von Prudence erhielt, eröffnete meine Mutter mir, dass ich von nun an in der geselligen Runde dabei sein musste.«

Howie gab mit einem Laut zu verstehen, dass er noch zuhörte.

»Sozusagen vom Regen in die Traufe.«

»Das hört sich an, als hätten Sie eine wundervolle Familie, die Sie lieben und die Sie auch liebt. Warum sind Sie fortgegangen?«

»Ich dachte, wenn ich mich irgendwo anders einrichte ...« Bertha gab ein selbsterniedrigendes Lachen von sich.

»Aber warum haben Sie Ihr Zuhause verlassen?«, hakte er nach und beugte sich vor, um die Unterarme auf den Oberschenkeln abzustützen.

Mit hilfloser Geste hob sie die Hände und ließ sie dann in den Schoß sinken. »Ich wollte ich selbst sein. Ich wollte weit weg von jeglicher Bequemlichkeit sein.« Sie hielt inne. »Ich habe die Herausforderung gesucht ... wollte mich anders entwickeln, als es sich meine Familie wünschte – für die sollte ich aufgeschlossener und meinen Schwestern ähnlicher sein. «

*Sie haben ihre Einzigartigkeit verkannt.*

»Solange ich geblieben wäre, wäre ich nur die schüchterne Schwester geblieben. Und so sehr ich meine Eltern und Geschwister auch liebe, ich hatte das Gefühl, zumindest die *Hoffnung*, wenn ich sie verlasse, St. Louis verlasse ...«, Bertha schaute auf ihre Hände hinab, »dann finde ich mich selbst, mein Zuhause, meine Fähigkeit ... zu leuchten.« Sie hob den Blick und schaute ihn direkt an.

Ihre Worte bewegten ihn und erfüllten ihn mit Stolz. »Ich glaube, Sie haben dieses Zuhause gefunden, Schätzchen«, erklärte er. »Und zwar, weil Sie ein Risiko eingegangen sind.«

Ein Lächeln trat auf ihr Gesicht.

Beim Anblick dieses Lächelns machte sein Herz Luftsprünge. Howie grinste zurück. »So ist es besser. Jetzt lassen Sie uns einen Mittelweg finden – behaglich wird auch der nicht sein, aber immer noch besser, als dazusitzen und angestarrt zu werden.«

Sie schaute ihn hoffnungsvoll an.

»Was halten Sie von Poker?«

Drei Tage später stand Bertha mit einem Notizblock in der Hand in der Speisekammer, kontrollierte die Vorräte und plante die Mahlzeiten der nächsten Tage. Nachdem sie seit nunmehr zwei Wochen im Wohnheim gekocht hatte, hatte sie ein Gespür für die richtigen Portionen der verschiedenen Gerichte entwickelt, auch wenn einige Dinge – wie die Anzahl der Brötchen, die sie backen musste, um die hungrigen Bergmänner zu sättigen, sie geschockt hatte.

Auch wenn die Morgans bereits weitere Vorräte für den Laden und das Wohnheim bestellt hatten, wollten sie eine endgültige Auflistung bekommen, um sicherzustellen, dass

Bertha bis Ende Mai, also bis zur erwarteten Schneeschmelze im Frühling, genügend Nahrung zur Verfügung hatte.

Howie war damit beschäftigt gewesen, Holz zu hacken und so einen immer höher wachsenden Stapel für den Küchenofen aufzubauen, und Michael Morgan hatte auch noch zusätzliche Kohle für die zylinderförmigen Heizöfen im Speisesaal und im Schlafsaal im Obergeschoss bestellt.

An der Hintertür ertönte ein Klopfen. Berthas Herz machte einen Sprung und sie eilte um den Tisch herum, an dem sie gerade Kartoffeln schnitt, um die Tür zu öffnen. Nur Howie und Mr Morgan nutzten die Hintertür, wenn sie den Weg hinter den Hütten nahmen, der zum Wohnheim führte. Vor über einer Stunde hatte ein leichter Schneefall eingesetzt, auch wenn die Flocken schmolzen, sobald sie den Boden berührten, und sie wollte keinen der beiden Männer in der Kälte warten lassen.

Als Bertha die Tür öffnete, erblickte sie Howie, vollkommen warm eingepackt, mit brauner Strickmütze, Schal und Fäustlingen, nebst seinem Mantel. Sie konnte sich ein strahlendes Lächeln zur Begrüßung nicht verkneifen.

Sein Gesicht war von der Kälte gerötet und eine dünne Schneeschicht bedeckte seine Schultern. Er trug einen rechteckigen Fischkorb.

Sie fegte den Schnee von seinen Schultern als angemessenen Vorwand, ihn zu berühren. »Gehen Sie ruhig direkt zum Ofen.«

Er reichte ihr den Korb. »Ich habe Ihnen Forellen in Hülle und Fülle mitgebracht. Habe mir gedacht, dass Sie damit etwas anfangen können.«

»Ich wusste gar nicht, dass man fischen kann, wenn es schneit.«

»Man kann das ganze Jahr über fischen. Geradebevor es zu schneien anfing, habe ich sie gefangen. Zu dieser Jahreszeit braucht man für das Fischen ein dickes Fell und eine gehörige Portion Geduld. Normalerweise bleibe ich eine Zeit lang hoch oben am Flussufer stehen, um die Fische ausfindig zu machen, bevor ich die Netze werfe. Ich fasse die Forellen ins Auge und ziele, deshalb passe ich auf, dass ich keine langen Schatten werfe. Aber dieser Fang stammt aus einer Falle, die ich gestellt habe – ich wusste ja, dass Sie mehr als ein Paar davon brauchen würden.«

Zufrieden nahm Bertha ihm den Korb ab und lugte hinein, wobei ihr der Duft nach Fisch entgegenschlug. Er hatte die Forellen bereits ausgenommen, sodass sie es nicht tun musste. Sie zählte sieben Stück. »Ich mache einen Fischeintopf. Das Gericht wird eine willkommene Abwechslung zu Schinken und Rindfleisch sein.«

»Da ist noch etwas.« Er zückte einen Brief und reichte ihn ihr. »El Davis ist gerade eingetroffen. Der hier ist für Sie *und* ...«, sagte er überschwänglich und wartete auf ihre Antwort.

Sie drückte seinen Arm, selbst verblüfft darüber, wie selbstverständlich sie ihn berührte. »Erzählen Sie!«

»Trudy hat die Kiste voller Hühner geschickt, die sie für Mrs Morgan bei einer Frau in Sweetwater Springs kaufen sollte. Jetzt bekommen Sie selbst Eier und Fleisch.«

Ein paar Hühner würden wohl kaum ausreichen, um all ihre Männer zu ernähren, aber sie konnte ja herzhafte Hühnersuppe daraus kochen, mit Spätzle und jeder Menge Kartoffeln und Gemüse darin. »Sie sind ja heute ein Geschenkbote.« Ohne groß nachzudenken, schlang Bertha einen Arm um seinen Hals und zog sein Gesicht ganz nah. Dann stellte sie sich auf die Zehenspitzen und küsste ihn auf die Wange. »Danke.« Sie ließ ihn los und machte einen Schritt zurück – überzeugt davon, dass ihre Wangen leuchtend rot sein mussten. Ihr Herz überschlug sich fast. *Was ist bloß in mich gefahren?*

Als Vorwand, um sich seiner Nähe zu entziehen, wedelte

Bertha mit dem Brief. »Den lese ich jetzt gleich.« Sie drehte sich um und flüchtete in ihr Zimmer, sah jedoch noch einen verblüfften Ausdruck und die ersten Anzeichen für ein Lächeln auf Howies Gesicht.

In ihrem Zimmer angelangt, setzte sie sich in den Sessel und schaute auf den Umschlag, auf dem *Kathryn Preece* in der wohlbekannten Handschrift ihrer Freundin stand. Anstatt den Brief gleich zu öffnen, blieb sie eine Weile sitzen, damit sich ihr rasendes Herz beruhigte, und dachte an die hübsche Kathryn mit ihren hellbraunen Augen und den kastanienfarbenen Locken. Sie war eine talentierte Pianistin und Bertha hatte es genossen, ihr beim Spielen zuzuhören. Das war eine problematische Seite am Leben in Morgan's Crossing. Keine Musik, kein Klavier – etwas, das für sie immer ganz selbstverständlich gewesen war und das ihr nun fehlte.

*Vielleicht kann ich Obadiah dazu bringen, für uns zu spielen.* Normalerweise gesellte sich der Musiker ein paar Minuten lang zu ihnen, bevor er zum Saloon aufbrach. *Vielleicht ein Stück pro Abend.* Sie lächelte und war sich sicher, dass der Mann einwilligen würde. In den letzten Wochen hatte der Geiger etwas zugenommen und wirkte weniger griesgrämig, auch wenn sich seine Trinkgewohnheiten nicht verändert hatten. Sie seufzte und wünschte, sie könnte irgendetwas für diesen Menschen tun – und doch ahnte sie, dass Obie zunächst den *Willen* haben musste, sich helfen zu lassen, damit sich etwas ändern konnte. Mit geschlossenen Augen sprach sie ein Gebet für ihn.

Als Bertha sich ruhiger fühlte, schlitzte sie den Umschlag auf, zog das Blatt Papier heraus und begann zu lesen.

*Liebe Bertha,*

*ich kann einfach nicht glauben, dass schon Monate seit dem bittersüßen Tag vergangen sind, an dem wir uns im Schlafraum der Villa voneinander verabschiedet haben. Es war ein Tag, den ich nie vergessen werde. Du bist mir so lieb und teuer, und ich vermisse Dein Lächeln und Dein erfrischendes Lachen, das mein Gemüt immer aufhellte. Nicht, dass mein Gemüt aufgehellt werden muss. Mit jedem Tag, der vergeht, liebe ich meinen entzückenden Tobit mehr. Ein aufmerksamerer Mann als er wurde von unserem lieben Herrgott nicht geschaffen. Doch ich möchte mich nicht weiter über mein Eheglück ausbreiten, wo ich doch gehört habe, dass Du Deinen Traum, eine Versandbraut zu werden, aufgegeben hast, und nach Morgan's Crossing gereist bist, um das Wohnheim dort zu leiten. Eine Stadt, in der Prudence die Herrin ist! Ich kann Dir gar nicht sagen, wie entsetzt ich war, als ich von Deiner Absicht erfahren habe − mit voller Absicht − unter ihrer Fuchtel zu leben.*

*Darcy hat mir mitgeteilt, dass Pru einen Sinneswandel durchgemacht hat. Ich halte das für gut, denn sie hatte einen nötig. Ich möchte nichts Schlechtes über sie sagen, denn das wäre nicht sehr christlich. Und doch bin ich nicht dabei, um diese Verwandlung mit eigenen Augen zu sehen, und kann mich noch zu gut daran erinnern, welchen Schmerz sie dir zugefügt hat und wie viele Tränen du wegen ihr geweint hast. Bleibe einfach wachsam, aber falls sie beweist, dass sie ein neues Kapitel aufgeschlagen hat, lasse es ihr zugutekommen und freunde Dich mit ihr an. Auf diese Weise ist das Leben so viel süßer. Ich erinnere mich noch an das, was ich letzte Woche in der Kirche gehört habe. Wir werden die Gnade erfahren, die wir anderen gegenüber zeigen.*

*Ich beneide Dich darum, dass Du Darcy, Lina und Trudy treffen kannst. Richte ihnen einen lieben Gruß von mir aus. Evie und Heather blühen auf. Wie Du bald sehen wirst, hat der Westen die Fähigkeit, von allen die besten Seiten zum Vorschein zu bringen. Sie sind glücklich, genauso wie ich!*

*Ich hoffe, wir sehen uns bald wieder! Bis dahin passe gut auf Dich auf, sei fröhlich und genieße Dein neues Abenteuer!*

*Ein lieber Gruß,*
*Kathryn*

Wie immer war sie glücklich, positive Nachrichten von ihren Freundinnen in Y Knot zu erhalten. Doch dieses Mal, so wurde Bertha sich bewusst, verspürte sie nicht diese bittersüße Mischung aus Glück und Neid wie in der Vergangenheit, wenn sie die Berichte von einer ihrer Freundinnen aus der Agentur gelesen hatte.

Bertha wägte einen Moment lang ihre Gefühle ab und bemerkte, dass sie es nicht länger bereute, dass ihr ein »Versand-Ehemann« fehlte. Ganz im Gegenteil – zum ersten Mal seit einer Ewigkeit sah sie ihr Leben mit Optimismus.

Die Leitung des Wohnheims war harte Arbeit, doch sie liebte ihre Aufgabe und verspürte angesichts des gesunden Appetits und des Lobes der Männer Befriedigung. Sie lernte Poker spielen und baute langsam – aber sicher, so hoffte sie – eine Beziehung zu einem Mann auf.

Eine Erkenntnis brach über sie herein. *Ich bin dankbar dafür, dass ich keinen Partner über die Versandbrautagentur gefunden habe, wie ich es mir gewünscht hatte.* Das Leben in Morgan's Crossing erforderte eine gute Anpassungsfähigkeit. Sie konnte sich kaum vorstellen, wie schwierig es gewesen wäre, unter Fremden zu wohnen, ohne ... Howies Gesicht, wie sie es zuletzt gesehen hatte, blitze in ihrem Gedächtnis auf. Oh ja, sie machte sich Hoffnungen. *Kann auch er solche Gefühle für mich entwickeln, wie ich sie für ihn hege?*

Das Sprichwort sagt, dass Liebe durch den Magen geht. *Falls das der Fall ist, werde ich mit meinen Kochkünsten langsam um sein Herz werben.*

Howie beobachtete, wie die verwirrt wirkende Bertha sich in ihr Zimmer zurückzog. Er berührte den Fleck auf seiner Wange, auf den sie ihn geküsst hatte und grinste wie ein Narr. Da er annahm, auf sie warten zu können, senkte er den Arm und schaute sich in der Küche nach etwas um, das er tun konnte.

Er ging zum Spülbecken, pumpte etwas Wasser und wusch sich die Hände. Nachdem er sie sich mit einem Handtuch abgetrocknet hatte, schnitt er die Kartoffeln zu Ende und warf die Stückchen in den Schmortopf auf dem Herd. Dann griff er zum Kochlöffel und rührte den Inhalt um.

Der würzige Geruch brachte seinen Magen zum Knurren. Er erinnerte sich daran, dass er noch nichts gegessen hatte, also ging Howie zu einem Tontopf auf dem Tresen, hob den Holzdeckel und lugte hinein. *Plätzchen. Unglaublich, dass noch welche übrig sind.* Er nahm eins und biss ab. *Haferflocken, das perfekte Frühstück.*

Er aß das leckere Plätzchen auf, nahm sich eine Tasse und pumpte ein wenig Wasser hinein. Dann schnappte er sich noch einen Keks und setzte den Deckel wieder auf.

Am Tischende, nahe an der Speisekammer, sah Howie den Notizblock liegen, den Bertha gewöhnlich benutzte, um ihre Vorräte abzuhaken und die Mahlzeiten zu vermerken, die sie serviert hatte. Aus purer Neugier schlug er ihn auf, zog einen Stuhl heran und begann zu lesen, während er den zweiten Keks verschlang.

An vielen Stellen hatte sie sich kleine Notizen gemacht – *eine Portion verdoppeln; mehr Wasser benutzen; aufpassen, dass Walter niemals Pfeffer bekommt.* Bei der letzten Bemerkung grinste er und musste sich an den Niesanfall des armen Mannes erinnern.

*Haferflockenplätzchen. Howies Lieblingskekse!* Er starrte die drei Worte eine lange Zeit an und fühlte sich in seine Kindheit zurückversetzt – an den Weihnachtsabend, als er fünf war und seine Großmutter ihm Haferflockenplätzchen als Geschenk gebacken hatte. *Eine Zeit der Wärme und Sicherheit und Geborgenheit und Liebe* – all das, was das Leben ihm fortgerissen hatte.

*All das, was ich hier gefunden habe.* Howie hob den Kopf, schaute zu Berthas verschlossener Zimmertür und erinnerte sich mit Zärtlichkeit an die kleine Hütte und die glückliche Familie, die darin gelebt hatte.

*Vielleicht liege ich falsch, wenn ich denke, dass ein hübsches Haus wichtig ist.*

Die Tür ging auf und Bertha kam heraus. Offensichtlich nach ihm suchend, schaute sie sich um.

Er hielt den Notizblock hoch und grinste über ihren überraschten Gesichtsausdruck.

Bertha errötete und schaute sich um.

*Gleich flüchtet sie wieder in ihr Zimmer.* Howie wusste, dass er so tun musste, als wäre es nie zu dem Wangenkuss gekommen. *Zumindest lange genug, um sie zum Bleiben zu bewegen.* Er tippte auf den Notizblock. »Mir gefällt der Eintrag, wo Sie schreiben, dass die Bergarbeiter endlich Frieden mit Ihrem Sauerkraut geschlossen haben.«

Bertha kicherte und trat näher. »Ich musste *drei* Mal Sauerkraut servieren, bevor auch der letzte Verweigerer aufgegeben hat. Das waren die wenigen Male, bei denen Teller mit Essen zurück in die Küche kamen, anstatt praktisch blankgeleckt zu sein.«

»Das habe ich gar nicht bemerkt.« Howie stand auf und lächelte zu ihr herab. »Ich esse einfach, was mir vorgesetzt wird, ohne wählerisch zu sein. Ich weiß, dass alles, was Sie machen, seit Sie Morgan's Crossing betreten haben, ein Segen für meine Geschmacksknospen ist«, sagte er mit langgezogenen Worten und wartete auf den verwirrten Ausdruck, der auf ihr Gesicht trat, wenn er mit ihr flirtete.

Bertha senkte den Blick und schaute ihn durch die Wimpern hindurch an. »*Nur* für Ihre Geschmacksknospen?«

*Bändelt sie etwa auch an?* Howie trat einen Schritt näher.

Die Hintertür wurde aufgerissen und herein stürmte Mrs Morgan mit verärgerter Miene.

Bertha gab den gleichen Laut von sich wie damals, als sie sich vor Cookie Gabellini gefürchtet hatte.

»Wo sind Sie denn, Howie?«, fragte Mrs Morgan und

stemmte sich die Hände in die Hüften. »Ich muss wegen der Tische für die Kinder Bescheid wissen. El Davis bricht gleich zur letzten Fahrt nach Sweetwater Springs auf. Ich wusste nicht, ob ich eine Bestellung aufgeben soll oder ob Sie die Tische anfertigen können. Er beschwert sich, weil seine Maultiere in der Kälte stehen.« Sie wies mit der Hand zum Fenster. »Dann musste ich *überall* nach Ihnen suchen und schließlich finde ich Sie hier, wie Sie mit Bertha ihre Zeit verplempern. Ich hatte Sie gebeten, mir bis *gestern* Ihre Antwort mitzuteilen! «

Howie gefiel ihr Ton ganz und gar nicht. Ihm gefiel nicht, dass die Frau Bertha Angst einjagte. Er machte zwei Schritte auf die Frau zu, schaute ihr in die Augen und hielt ihrem Blick für einen langen Moment stand. »*Überall?*« Dieses Mal zog er das Wort nicht in die Länge, um zu flirten. »*Zeit verplempern?*«

»Wagen Sie es nicht, so mit mir zu sprechen! Ich kann ...«

Bertha schnappte den Besen, der gegen die Wand gelehnt stand, stellte sich vor ihn und stieß die Borsten in Mrs Morgans Gesicht. »So sprichst du nicht mit ihm, Prudence!«, wiederholte sie. »Howie ist *nicht* dein Sklave! So, und jetzt gehst du und lässt dich hier nicht mehr blicken, bis du deine böse Zunge im Zaum halten kannst.«

Mrs Morgan hatte den gleichen schockierten Ausdruck wie jemand, der in einen süßen Pfirsich gebissen hatte und gleich darauf von einer Wespe gestochen worden war.

Howie war so verdammt stolz auf Bertha, dass er am liebsten triumphierend gejohlt hätte. Gleichzeitig wäre er am liebsten in lautstarkes Lachen ausgebrochen. Er brauchte einen Moment, um wieder zu Atem zu kommen, dann trat er einfach hinter Bertha hervor und stellte sich an ihre Seite. »Die Tische stehen auf der hinteren Veranda«, sagte er nüchtern. »Einfache Tischplatten auf Sägeböcken, die leicht auf- und abgebaut und jeden Tag verstaut werden können.

Ich habe sie gestern dorthin gestellt und es dem Boss ausgerichtet.«

»Michael hat mir nichts davon gesagt«, erklärte Mrs Morgan so, als würde sie ihm nicht glauben.

Howies Augen wurden zu Schlitzen. »Wahrscheinlich war er zu beschäftigt mit Albert Whitneys Beinverletzung.« Er betonte jedes einzelne Wort scharf. »Wissen Sie davon?«

Mrs Morgan hatte den Anstand, beschämt dreinzublicken. »Michael hat mir davon erzählt. Er war ziemlich beunruhigt.«

»Der Boss versucht, eine sichere Mine zu leiten. Er hasst es, wenn seine Männer sich verletzen.«

Niemand sagte etwas.

Zu guter Letzt hob Mrs Morgan ihre Nase in die Luft. »Ich bin noch immer nicht besonders erfahren darin, Entschuldigungen auszusprechen«, sagte sie mit würdevoller Miene. »Ich sollte besser meine Fassung wieder erlangen und mich abkühlen gehen.«

Bertha lachte. »Gute Idee.«

»Du, du, du!«, brummte Mrs Morgan. Sie fuhr herum, stampfte aus dem Zimmer und schlug lautstark die Tür hinter sich zu.

Bertha fegte mit dem Besen über den Boden auf die Tür zu. »Die wären wir los!«

Howie ging zu ihr und schaute sie an. »Alles in Ordnung?«

»Erstaunlicherweise schon.« Bertha hob das Kinn in Richtung Tür und nickte. »Prudence wird zurückkommen und alles richten.«

*Mein kleiner Hitzkopf. Nein. Meine kleine Wespe.*

Die Auseinandersetzung mit Prudence hatte Bertha mit Jubel und einer Art von Stärke und Selbstvertrauen erfüllt, von der sie sich nie hätte träumen lassen, sie zu besitzen.

»Woher wissen Sie, dass Prudence zurückkommt?«, fragte Howie mit erheitertem Gesichtsausdruck.

»Ich habe Prudence verärgert, wütend, voller Hass, wie auch immer, gesehen ... Dieses Mal ...« Bertha hielt inne und fühlte sich nicht imstande, die subtilen Unterschiede genau hervorzuheben. »Sagen wir es so: Prudence hatte sich besser unter Kontrolle und schien sich darüber bewusst zu sein, was sie machte, auch wenn sie sich nicht bremsen konnte.« Sie zuckte die Achseln und deutete mit dem Kopf zur Tür. »Diese Frau da hat sich zwar einen Moment lang in eine Hexe verwandelt, ist aber nicht die alte Prudence.«

Howie berührte den Besenstiel. »Wie wäre es, wenn ich den nehme? Ich denke, für die nächste Zeit brauchen Sie keine Waffe.«

»Viel besser als ein Sonnenschirm. Der Besenstiel ist länger.« Ihre Finger ließen vom Holzstock ab.

Er nahm den Besen und stellte ihn gegen die Wand.

*Habe ich genug Selbstvertrauen, um ihm zu sagen, dass ich ihn liebe?*

Howie führte ihre Hand an seine Lippen. »Sie haben sich vor mich gestellt«, sagte er verwundert. »Ich brauchte Sie gar nicht, ich werde schon mit Prudence Morgan fertig.«

»Aber das sind Sie nicht.« Sie tippte ihm auf die Brust. »Sie sind ganz schön lange still geblieben, bevor Sie geantwortet haben.«

»*Still* ist die Art, wie ich mit schwierigen Menschen umgehe. Das kommt vermutlich aus meiner Zeit im Waisenheim. Still zu sein und allen aus dem Weg zu gehen, war am sichersten. Und es hat immer gut funktioniert.«

Bertha hatte den Verdacht, dass *gut* wohl eine Übertreibung war. Irgendwann in nicht allzu langer Zeit wollte sie mehr über seine Kindheit erfahren. Aber jetzt hatte sie ein anderes Thema im Sinn. »Mit *mir* gehen Sie aber nicht so um.« Ihre Worte klangen atemlos.

Howie legte seine Arme um sie. »Wenn es nach mir ginge, dann würde ich *so* mit Ihnen umgehen.«

Sie hatte Schmetterlinge im Bauch, die nicht ängstlich mit den Flügeln schlugen, sondern überschäumend im Paarungsflug tanzten, sodass ihr das Herz bis zum Hals schlug. »Warum sollte es nicht nach Ihnen gehen«, brachte sie heraus.

»Ich habe wenig zu bieten, Bertha. Ich lebe im Hinterzimmer eines Stalls.«

»Sie haben doch ein festes Einkommen, oder?«

»Nun, das schon.«

»Ich glaube, mich an ein großes Zimmer hier im Wohnheim erinnern zu können.« Ohne ihre Augen von ihm abzuwenden, zeigte sie auf ihre Tür. »Groß genug zum Teilen. Natürlich würde das bedeuten, dass ich weiterhin hier tätig bin, und die meisten Männer würden keine Frau haben wollen, die arbeitet.«

Er lachte leise. »Du meinst, eine Frau, die noch *zusätzlich* arbeitet? Soweit ich das sagen kann, hat man als Frau jede Menge Arbeit, egal ob man dafür bezahlt wird oder nicht.«

»Die meisten Männer sehen das nicht so.«

»Die meisten Männer achten nicht auf das, was sie direkt vor der Nase haben. Ich habe gesehen, wie viel dir diese Stelle bedeutet – wie stolz du darauf bist, dich um die Männer zu kümmern, für die du zuständig bist. Ich habe dich seit deiner Ankunft hier aufblühen sehen. Warum sollte ich dir das nehmen wollen?«

»Stört es dich nicht, dass ich ...« Sie zeigte auf ihren Körper.

»Stören?« Seine Arme schlossen sich fester um sie. »Du bist so süß und saftig wie ein Pfirsich«, murmelte er mit leiser und heiserer Stimme in ihr Ohr.

Eine Gänsehaut breitete sich auf ihrer Haut aus.

Er drückte seitlich einen Kuss auf ihren Hals, gefolgt von einem zarten Knabbern. »Ich will dich einfach aufessen«, flüsterte er ihr ins Ohr und arbeitete sich mit seinen Küssen ihren Hals und ihr Kinn bis zu ihrer Wange hoch.

Sie bebte vor Lust und fühlte sich zum ersten Mal weiblich und schön.

Er gab ihr einen Kuss auf die Lippen, dann trat er zurück und ließ die Hände sinken. »Ich möchte um dich werben, Bertha, und dir Zeit lassen, um zu sehen, ob es wirklich das ist, was du willst – ob *ich* wirklich das bin, was du willst.«

»*Ja!*« Überglücklich warf sie sich Howie an den Hals, so schnell, dass er nur noch die Arme ausbreiten konnte.

Die Kraft ihres Körpers, der gegen seine Brust prellte, kippte ihn gegen den Tisch, sodass er auf dem Rand sitzend landete und seine Beine den Boden berührten.

»Ach du meine Güte!« Mit vor Beschämung glühenden Wangen wich sie zurück.

Howies Arme griffen fester nach ihr und er zog sie zwischen seine Beine. Als sie einander Auge in Auge gegenüberstanden, grinste er. »Stürze dich ruhig weiterhin auf mich, mein geliebter Pfirsich. Ich verspreche, dass ich dich bis an den Rest unserer Tage auffange!« Er neigte den Kopf und besiegelte seinen Schwur mit einem langen, liebevollen Kuss.

ENDE

Um mehr über das Erscheinen zukünftiger Bücher zu erfahren, melden Sie sich für Debra Hollands Newsletter an: http://debraholland.com

# Ein Wort an meine Leser

Danke, dass Sie die »*Versandbräute des Westens: Bertha*« gelesen haben und Bertha Bucholtz, die achte und letzte Braut, dabei begleitet haben, wie sie ihre Liebe findet. Meine Versandbräute und ihre Ehemänner tauchen in vielen anderen meiner Bücher auf, die in Sweetwater Springs spielen.

Um noch eine geschichtliche Anmerkung zu machen: Der Winter 1886-87 war tatsächlich sehr lang. Auf die Dürre, die einen Großteil der Weidefläche zerstört hatte, folgte ein eisiger Winter mit extrem niedrigen Temperaturen, in dem schon früh Schnee fiel und dem Menschen und Tiere zu Opfer fielen. Der harte Winter war für die Viehherden verheerend, denn die Tiere verhungerten – wobei manch eine Ranch einen Verlust von 60 bis 95 Prozent verzeichnete.

Obwohl »*Versandbräute des Westens: Bertha*« im Herbst stattfindet, war es wichtig, die Vorbereitung auf den harten Winter zu erwähnen, denn diese ist der Hauptgrund für den Wohlstand der Viehfarmen in meinen später angesiedelten Büchern der Reihe »Der Himmel über Montana« . Auch wenn die Menschen in Morgan's Crossing und Sweetwater Springs es schwer hatten und Verluste erlitten, erging es ihnen also dank der Vorbereitung weitaus besser als den meisten anderen.

Bitte besuchen Sie meine brandneue Internetseite: http://debraholland.com. Tragen Sie sich auch in meinen Verteiler ein, damit Sie immer über die neusten Veröffentlichungen informiert werden.

# Buchreihe der Himmel über Montana

## In chronologischer Reihenfolge:

### 1882
Unter dem Himmel von Montana

### 1886
Versandbräute des Westens: Trudy
Versandbräute des Westens: Lina
Versandbräute des Westens: Darcy
Versandbräute des Westens: Prudence
Versandbräute des Westens: Bertha

### 1890er
Grace: Als Braut in Montana
Der Wilde Himmel über Montana
Der Sternenhimmel über Montana
Stormy Montana Sky
Der Weihnachtshimmel über Montana
Der Gemalte Himmel über Montana
A Valentine's Choice
Irish Blessing
A Rolling Stone
Glorious Montana Sky
Healing Montana Sky
Sweetwater Springs Scrooge
Sweetwater Springs Christmas
Mystic Montana Sky
Singing Montana Sky
My Girl
Bright Montana Sky
Montana Sky Justice
A Late-Blooming Rose
Beyond Montana's Sky (*May 1, 2020*)

### 2015
Angel in Paradise

# Über Die Autorin

Debra Holland, New York Times- und USA Today-Bestsellerautorin, war drei Mal unter den Finalisten für den Golden Heart Award der Romance Writers of America und hat ihn einmal gewonnen. Sie ist Autorin der *Buchreihe Der Himmel über Montana*, romantische und historische Western-Liebesromane, und der Reihe *The Gods' Dream Trilogy*, Fantasy-Liebesromane. Im Februar 2013 hat Amazon *Starry Montana Sky* als eine der 50 größten Liebesgeschichten ausgewählt.

Debra hat auch ein Sachbuch mit dem Titel *The Essential Guide to Grief and Grieving* bei Alpha Books (einem Tochterunternehmen von Penguin) veröffentlicht. Ein kostenloses E-Booklet ist auf ihrer Internetseite erhältlich: http://drdebraholland.com: *58 Tips for Getting What You Want From a Difficult Conversation.*

So können Sie Kontakt zu Debra aufnehmen:
www.debraholland.com
Facebook: debra.holland.731
Twitter: @drdebraholland
Blog: drdebraholland.blogspot.com

www.ingramcontent.com/pod-product-compliance
Lightning Source LLC
Chambersburg PA
CBHW030534130626
46552CB00006B/2252